U0065933
葉月葵
Aoi Haduki
湊壽也
Toshiya Minato
「阿湊，人家今天就請你喝星巴克當回禮吧❤」
我的女性朋友意外地有求必應 1
Onna Tomodachi ha Tanomeba Igai to Yarasete kureru
鏡遊 Yuu Kagami
插畫 小森くづゆ

「說、說什麼讓你看內褲……
你剛才不是已經
看很久了嗎！」

「我的胸部也一起盡量看吧……」
「喂，仔細看看這邊啦……
人家難得給你看耶。」
瀨里奈
瑠伽
Ruka Serina

『拜託了，葉月！
一次就好——
請妳和我上床吧！』

我的女性朋友意外地有求必應 1

Onna Tomodachi ha Tanomeba Igai to Yarasete kureru

鏡遊 Yuu Kagami 插畫 小森くづゆ

Kadokawa Fantastic Novels

CONTENTS

Onna Tomodachi ha
Tanomeba
Igai to Yarasete kureru

序章

Onna Tomodachi ha Tanomeba Igai to Yarasete kureru

「喂，不准看過來喔。人家要穿衣服了。」

「好……」

湊坐在床鋪上，背對著葉月。

就算嘴上那麼說，他還是會不時瞥著眼睛，偷看葉月的白皙肌膚。

要完全不看是不可能的事。

「唔～胸罩好像又變緊了……」

葉月沉吟著穿上黑色的胸罩，接著「啪」的一聲扣上了鉤子。

她說得沒錯，那對豐滿的胸部如今緊繃得簡直要呼之欲出。

「葉月，妳原本是F罩杯吧？該不會又變大了？」

「不知道耶……人家覺得還是別再變大比較好。欸，你怎麼轉過頭來了！」

「抱、抱歉。不過事到如今，應該也不用害羞了吧？」

「換衣服的時候被看到又是另一回事！阿湊根本不懂什麼叫少女心！咦？襯衫跟裙子不見了。跑哪去了？」

「咦?啊～在那裡。掉得滿遠的呢。」

「不是『掉』，**是阿湊丟的吧**。」

「大概是吧……」

湊扭過頭去。

可能是他脫下衣服後太過興奮，不小心用力過猛了。

畢竟不管看幾次，葉月的身體都太有魅力，讓人沉醉於其中。

湊下了床，撿起掉在房間邊緣的制服襯衫與迷你裙。

然後他轉了個身，望著床上的葉月。

「嗯?」

葉月愣了一下，歪了歪腦袋。

她似乎覺得轉過身的瞬間整個人僵住的湊很奇怪。

而湊則是吞了吞口水，發出「咕嘟」的聲音。

只見那頭猶如奶茶般，微微散亂的棕色長髮露出白皙的肩膀。

身上穿著與黑色胸罩相同顏色的內褲，以及黑色的短襪。

以那副打扮坐在床鋪上的葉月，看起來實在太煽情了——

這足以讓湊才剛發洩掉的慾望再次泉湧而出。

「我、我說啊，葉月……」

「等、等一下……太近了、太近了！」

湊的膝蓋靠在床上，摟著葉月的肩膀將臉靠過去。

「可以……再做一次嗎？」

「……真是的。」

葉月紅著臉，「啾」的一聲輕輕吻了湊。

「只能……再做一次喔？」

「嗯，我知道啦。」

「但別忘記了，人家不是你的女朋友——」

湊抱緊葉月，將她壓在床上。

葉月被動地躺了下去，害羞地撇過頭說道：

「我們只是朋友喔？」

1 我交到女性朋友了

Onna Tomodachi ha Tanomeba Igai to Yarasete kureru

對於平凡的一年級男高中生而言，很少有什麼事物是非常重要的。

湊壽也這麼想著。

即使經歷高中入學考的日子充滿了緊張與不安——不過在順利錄取之後，會讓人覺得也沒什麼大不了的。

那種沒什麼的感覺甚至會讓人取笑起自己：我之前為什麼要那麼神經緊繃呢？

雖然是錄取之後才有的感想，但即使落榜了，應該也是重來一次就好了吧。

「考試或許不是那麼重要的事」這種說法會不會太過分了？

但實際上對於湊而言，高中入學考早已成了過去的記憶。

要說湊有什麼一直很重視的東西，那就是他的玩遊戲嗜好。

還有——「朋友」吧。

遊戲就算不玩也不會死。若是少了一兩個朋友，反正也可以馬上再培養新的友情。

但即使如此，也不代表湊不重視這些東西。尤其是朋友乃是生活必備之物。

朋友——對於湊而言，朋友有兩種。

一起玩遊戲的朋友，還有不會和他玩遊戲的朋友。

在讀國中時只有這兩種——

不過當他上了高中後，就**多加了一種**。

「湊同學，你看看這個！」

「咦？哇喔，白金龍？喂喂，妳到底課了多少錢啊！」

「哎呀，我真害怕自己。竟然十抽一次就抽到了！」

「真的假的……！」

某天的教室——

湊正注視著對方拿給自己看的手機螢幕。

螢幕上顯示的是手機遊戲——「怪物朋友」的畫面。

這款手機遊戲簡稱「怪友」。

遊戲是以奇幻世界為舞台，講述打倒魔王的勇者與怪物們過著鄉村生活的故事——也就是所謂的慢活類作品。

雖說是怪物，但因為造型設計很可愛，也廣受女性的喜愛。

遊戲中有著很多讓怪物入住勇者居住的村子，建造房屋蒐集家具，種田造橋等深度遊玩的要素。

是一款從輕玩家到重度玩家，不分性別年齡都大受歡迎的作品。

「嘻嘻嘻，這下就集齊整套白金型怪物啦。」
「我就算在網路上也沒看過有人抽到白金龍耶……」
正拿著手機的人叫做梓琴音。
是湊上高中後認識的同班女同學。

她是新的朋友——也是湊有生以來第一個交到的女性朋友。

棕色的半長髮，很平均的身高。
胸部尺寸有點大，卻也沒有到很顯眼的程度。
長相是有點幼的可愛系——這是她本人的說法。
先不論幼不幼，湊確實認為她「有點可愛」。
根據班上男生所言，梓似乎是「班上第五可愛的」。
儘管那種稱呼很沒禮貌，但聽到那樣的說法時，湊也同意了。
湊和梓之所以會認識的原因很單純，就只是因為他們的座位靠在一起。
順帶一提，讓兩人的關係變親近的契機是怪友。
湊有次在休息時間玩怪友時，梓靠過來向他搭話。
「哇，湊同學也在玩怪友喔？太好了，我有些地方不懂——」

梓不常玩遊戲，只是剛好迷上了怪友，於是向湊詢問了遊戲的相關問題。

湊其實對怪友的研究也沒有很深，但至少還有可以教新手的程度。

現在他與梓的對話內容半數以上都和怪友有關，兩人只是一起玩怪友的關係。

不過，這也是理所當然的。

從客觀角度來看，湊壽也沒有特別優秀的地方。

即使他相對地會念書，成績卻不到全學年前段班的階段。

運動能力是常人的程度，也沒有加入過社團。

雖然很擅長玩遊戲，但要成為職業玩家應該是不可能的事。

在外貌方面，他的身材中等，硬要說的話是有點偏瘦。也從未被人稱讚過長相。換句話說就是不好也不壞。

至於性格——這就沒辦法靠自己判斷了。

湊覺得自己不算什麼壞人，而且他也希望盡可能對他人親切。

實際上，在進入春天的時候，湊身邊的人遇到了一**點小麻煩**，他還過度熱心地幫忙解決問題。

然而，那並不是什麼大不了的事，任誰都做得到。

總而言之，湊壽也這名男高中生在性格與規格上都屬於非常平均的水準。

湊並不打算貶低自己，覺得自己是個凡人。

但是，他認為應該認清自己。

不對，**過去的湊還沒有搞清楚自己的斤兩**。

升上高中大約過了三個月的夏天某日——

那個時候，梓已經以「壽也」這個名字稱呼湊了。

這點無疑成為推動湊的原因之一。

所以湊下定決心，**向梓提出告白**。

事後回想起來，他可能是因為第一次交到了女性朋友而太過得意忘形吧。

他覺得「既然我們這麼要好，應該有機會吧？」

湊稍微打聽了一下，發現梓好像沒有男朋友。

正因為如此，他便鼓起勇氣，進行了人生中的第一次告白——

結果徹底地失敗了。

放學後，他在回家的路上向梓告白，得到了「啊、嗯……這樣啊……」的回應。

她畢竟不是沒有良心的惡魔，應該不想傷害湊吧。

對方沒有明確的答案，但是湊仍然被徹底拒絕了。

而且隔天時，她又好像什麼都沒發生似的向湊搭話。

梓真的很成熟。

關於這次的告白，她理所當然地沒有告訴任何人。

但是——儘管這樣說似乎很自私，湊依舊受傷了。

比起對方表現得好像什麼都沒發生一樣，他寧願遭到嘲笑。

湊開始和梓聊不太起來，氣氛一下子就會變得很尷尬——

然後，湊明白了。

即使是面對所謂的「第五名」，他也沒有機會。

這就是湊這個男生的程度。

他應該深深地自我反省，自己竟然敢以什麼「第五名」的稱號評價對方。

他應該直接跳進深海，永遠不再浮出水面。

意識到這一點的那天，湊刪掉了自己手機裡的怪友。

刪掉了讓他初次交到女性朋友的遊戲。

雖然這樣說似乎很自私，但那款遊戲對現在的湊來說只讓他感到厭惡，光是看到程式的圖示就會覺得很不愉快。

湊不僅初次告白失敗，還失去了他的第一位女性朋友——

「喂，阿～湊，你要睡到什麼時候呀？」
「…………？」
聽到自己名字的湊抬頭望去，眼前正站著一位美少女。
那副端正的美貌別說第五名，在整個學校裡就算列在第一名也不奇怪。
「……葉月？」
「對對，就是葉月葵喔。能被像人家這樣的人叫醒，你未免太幸運了吧？」
「…………」
湊慢慢地坐起身。
看來他趴在教室的桌子上睡著了。
湊看了一眼時鐘，已經快要下午四點了。
「糟糕……我真的睡著了」
「反正你昨晚八成又在熬夜玩遊戲了吧？又是那種嘟咚咚咚的危險槍戰遊戲？」
「沒什麼危險的啦。那款遊戲可是從小孩到大人都很喜歡的喔。」
不過葉月說的對，湊昨晚確實熬夜玩遊戲了。
第一人稱射擊（FPS）遊戲「傳說英雄」——簡稱「傳說」。也因為遊戲是基本免費，在全世界都掀起了熱潮。
那是一款跨平台遊戲，湊接觸的是電腦版，一玩就完全迷上了。現在的他每天都運用鍵盤和滑鼠，與全世界的高手進行生死決鬥。

「排名戰真的太刺激……讓我每天晚上都玩瘋了。」

「真是的，不要在人家不知道的地方玩得那麼開心啦～」

「就算妳這麼說，我也沒辦法啊。」

基本上，湊在玩「傳說」的時候，大多是單獨加入「野場」。

雖然他在網路有認識的人，但還是覺得一個人玩比較自在。

「整天玩遊戲真不健康。你今天要陪人家出去玩喔。」

「去哪裡？」

「去斯波迪吧，已經好久沒去了。」

「咦～妳認真的嗎？我現在已經睡眠不足了，妳還要我去那種地方？」

斯波迪是間室內娛樂設施。

在那裡可以玩到足球、網球、三對三籃球、溜冰和彈跳床等各種活動。

「動起來就會有精神了。人家沒有不要你玩遊戲，只是偶爾也該活動活動身體。難道你不想和人家玩嗎？」

「……好啦。」

在葉月那雙大眼睛直直地注視之下——

湊也只能看似無奈地站起身，拿起書包。

此時，葉月已經準備要離開教室了。
湊急忙跟在她的身後，匆匆離開教室。

葉月葵在學校裡也是相當出名的。
她的頭髮是像奶茶那樣，淡淡的棕色長直髮。
即使化了淡妝，仍然保留了稚氣的美貌。
她的肩膀和腰身都很纖細，一對胸部卻相當豐滿，將粉紅色毛衣的胸口處撐得緊緊的。
那對胸部的大小簡直就像哈密瓜。而且每當她做出輕微的動作時，都會產生上下的彈跳。
襟口的深綠色領帶微微地鬆開，格子迷你裙底下的腿十分修長。
據說在這間室宮高中的一年級女生之中，她被譽為人氣第一的人物。
葉月充滿活力、個性開朗，交際能力很強，在學校內屬於頂級的階層。
她有很多男性和女性朋友，身邊總是有一大群人圍著。
葉月和平凡得不能再平凡的湊壽也，就像是來自兩個完全不同的世界——
「那麼～要從哪一種開始玩呢？」
「咦？啊，妳說什麼？」

「拜託你聽人家說話啦～阿湊，你是不是腦袋還沒醒啊？」

「沒有沒有，我已經清醒了。」

兩人抵達斯波迪後，在櫃檯前看著導覽說明牌。

不知為什麼，社交咖美少女葉月竟然與湊兩人單獨跑出來玩。

這真的很奇怪。

所以湊不時會沉浸在自己的思緒中也是情有可原。

「先別說那些了。葉月，妳今天不跟朋友一起走嗎？」

「朋友?你不就是朋友嗎？」

「……唔，也是啦。」

湊常常被她那些不經意說出的話嚇到。

他回想著——

自己和這位可愛的女性朋友之間的友情——開始得有多麼突然。

※

他和葉月葵的關係變親近，是在高中入學後約三個月時……

更確切地說，是在向梓琴音告白，並且遭到拒絕之後沒多久。

同時也是他刪掉怪友，決定認清自己的斤兩，潛入深海過日子的時候。
順帶一提，那也是第一學期的期末考剛結束之際。
湊在學業上算是比較出色的。
儘管不是頂尖的高材生，但也算是中上的程度。
在高中裡，考試成績決定了學生是否需要參加補考。
當然，對湊來說，那是跟自己毫無關係的事。
然而期末考答卷發還的那天……
正當湊背起他最愛的背包，準備離開教室時——
「不好意思，湊同學，你今天有空嗎？」
一年級女生中人氣第一的葉月葵就這樣主動找上了他。
「葉、葉月同學……？」
湊有些困惑地歪了歪頭。
雖然湊因為葉月很搶眼而知道對方的全名，但他不記得兩人曾經交談過。
葉月知道湊的名字的這件事，對他來說簡直像個奇蹟。
看到湊顯然有些不知所措，葉月開始解釋。
她的考試成績全都很糟糕，大部分的科目似乎都得參加補考。
如果沒有考過三天後開始的補考，她就必須在暑假時參加補習。

所以，她想請湊來教自己功課——事情大概就是這樣。

「咦？可是為什麼找我？」

「湊同學不是還滿會念書的嗎？我們畢竟是同班的，這點事人家好歹知道。」

「雖然我的成績不算差，卻也沒有很出色啊……說真的，到底為什麼找我？」

對於自我評價變得非常低的湊來說，葉月的這個提議實在太過意外了。

葉月的朋友多得不得了，其中一定有些人的成績比湊還要好。

湊實在無法理解為何她會來拜託自己。

「你還真是糾結在奇怪的地方呢。唔～硬要說的話——」

葉月輕輕地歪了歪頭，說道：

「人家覺得如果是湊同學來教，即使人家完全聽不懂，你也**不會放棄繼續教人家**吧？」

「不、不會放棄……？」

縱使得到這樣的評價，也只是讓湊感到更加困惑。

有部分原因是他才剛決定要認清自己的斤兩過生活。

要教別人讀書，而且還是像葉月這種的社交咖頂級美少女。

這顯然超出了湊的分寸——

「好嘛，拜託你了♪」

葉月雙手合十，用極為討好的表情朝湊一拜，

就在那一刻，盤據在湊心中的所有困惑和鬱悶全都消失了。

他暗自想著：我這個人未免太好說話了吧。

他甚至覺得自己根本是自不量力。

然而另一方面，他也想到了藉口——拒絕像葉月這樣高高在上的人，就某種意義上來說不也是一種不自量力嗎？

而那些想法瞬間全都雲消霧散。

葉月的「拜託」就是充滿了如此強大的破壞力——

「好啊。」

當回過神時，湊已經這麼答應了。

不可思議的是，他自己沒有為此感到絲毫後悔。

那天開始，湊就接受葉月葵的請託開始教她功課。

他每天放學後都會一對一地輔導葉月。

葉月的成績確實不太好，不過她的腦筋還算不錯。

湊只要好好教她，她就會吸收所學，幾天內就明顯地看到她的學力有所提升。

「太好了！都是阿湊的功勞喔，謝謝你！」

補考的隔天，成績單發下來之後，葉月興奮地握著湊的手。

湊滿腦子都是葉月那雙手的柔軟觸感，根本顧不得補考的結果。

不過面對開心不已的葉月，他不想表現出奇怪的反應，於是裝出一副酷酷的模樣。

現在回想起來——湊不禁陷入了深深的感慨。

雖然只是短短幾天的事，但他和葉月兩人獨處的時間裡充滿了意想不到的事情。

原本以為高不可攀的社交咖女王，對湊沒有絲毫鄙視。

湊原本害怕會有那樣的對待，現在他卻不禁覺得自己的偏見是多麼地可笑。

更重要的是，他出乎意料地發現自己其實真的很喜歡和葉月一起讀書。

然而，那樣的時間很快就要結束了。

畢竟一旦葉月通過了補考，她就不再需要湊了——

「那麼，阿湊，人家今天就請你喝星巴克當回禮吧♡」

「咦？」

葉月明明已經不需要他了，他與葉月的時間——卻出奇地還沒有結束。

說真的，這到底是為什麼呢？

雖然湊在心裡感到疑惑了好幾次，但這確實不是夢。

實際上，他真的被葉月帶到了星巴克——社交咖們經常去的咖啡廳，還被請了一杯經常聽到，名字很像咒語的飲料。

由於狀況太過出乎意料，他完全嚐不出那杯應該很甜膩的飲料是什麼味道。

從那之後——

葉月就經常毫無理由地帶著湊到處跑。

只有補考通過的那天是葉月請客，之後都是各付各的。

「人家其實沒有在打工。真的是沒錢呢~阿湊也沒有在打工吧？」

「我不怎麼花錢……葉月同學不是很會花錢的那種人嗎？」

湊一直認為社交咖就是那種玩樂時會毫不吝嗇地花錢的類型。

「不是喔，其實人家很少出去玩。話說回來，阿湊啊，你可以直呼人家的名字也沒關係，不用再加『同學』了，不然那樣聽起來好怪。」

「好、好的……」

湊對此沒有特別感到抗拒。

當初葉月也只有在請求湊教自己念書的那天稱呼「同學」。

她很快就自然地不再稱呼「同學」。而且在湊他們的學校裡，無論是男生還是女生，直呼名字都不算罕見。

湊也**有過**直呼女生的名字的**經驗**。

於是，他也開始很自然地直呼葉月的名字。

即使如此——湊仍未抱持任何期望。

他認為葉月這麼關注自己只是一時興起，很快就會膩了。

畢竟，自己該是那種潛入深海的男生才對。

「暑假到了～！阿湊，我們要玩個痛快喔！」

事情卻和湊想的完全不同。

即使到了暑假，葉月仍然帶著湊到處玩，甚至還符合夏日風情地帶他去了泳池和海邊。

和男性朋友去泳池或海邊也就算了，這還是他第一次和女生去。

當時葉月的朋友們也在一起。其中有些看到湊的人表示：「這傢伙為什麼會跟來？」「話說～這是誰呀？」但那些人似乎很快就不再在乎了。

社交咖不會拘泥於小事，只要能玩得開心就行。

葉月的朋友都視她為領袖，非常敬重她。

所以既然湊是葉月帶來的，大家也就不會對他的存在感到疑惑了。

根據葉月的一位朋友——有著褐色肌膚的特徵，名叫穗波麥的辣妹型女生的說法：

「反正～小葵從國中時代開始就像我們的老大。既然是小葵帶來的人，誰都不會有意見啦。」

以葉月為首領的這群社交咖團體雖然偶有成員更動，但似乎從國中時期就維持到現在。

毫無疑問地，她們在室宮高中一年級之中絕對是最顯眼的團體。

倘若是以前的湊，不是會避開接觸那種團體，就是反過來得意過頭——

但現在的湊即使與這群陌生的人來往，也不會抱有太大的期望。

他完全沒有加入這群社交咖的想法，或是暗自懷抱和這些可愛的辣妹女生交往的期望。

正因為如此，他才能夠和這些陽光型的人來往得宜。

如果他有過高的期待，可能早就得意忘形而招來嚴重的失敗了。

湊實在不想再因為交友關係，造成不可挽回的後果。

然而，意外的發展依舊持續著。

儘管暑假已經結束，他與葉月的來往仍未就此結束。

「欸，阿湊，你今天可以陪人家一下嗎？人家有本很想買的雜誌，但網路上都找不到。聽說車站前的書店有在賣。」

「可以啊……咦，現在就去嗎？其他人呢？」

「要那麼多人去書店幹嘛？啊，動作不快點就要賣完了。好了，跑起來！」

「……」

就像這樣。

到了秋天時，兩人不時會私下出去玩。

這沒什麼特別的原因，湊和葉月就只是習慣在放學後或假日單獨行動罷了。

不對，其實是**有點原因的**——

但即使排除那個原因，湊還是有些不解。

和葉月出去玩真的很開心。

能和如此可愛、開朗、風趣的女孩一起玩，怎麼可能不開心呢？

只不過——為什麼像葉月這樣受歡迎的女生，會想要和不太引人注目的湊玩？

有一次，湊鼓起勇氣問了出來。

「欸，葉月，為什麼妳每天都和我一起出去玩呢？」

「哪有什麼為什麼？不就是因為——」

葉月似乎想說些什麼。

「不就是因為我們是朋友嗎？」

「……原來如此。」

湊心中想著，為什麼她會在這種時候結巴呢？

不過再想想，要明確地說出「我們是朋友」這種話，確實會有些讓人害羞。

湊被那種有些讓人臉紅的答案說服了。

自從他聽到葉月那種簡單的答案後，和她相處的時光就變得更加愉快了。

※

「欸、欸。阿湊，你有在聽嗎？」

「啊，沒有，我剛剛沒聽到。」

斯波迪的導覽說明牌前——

葉月微微瞇起那雙大眼睛，正瞪著湊。

不知怎地，湊突然回想起至今和葉月度過的時光。

從葉月第一次和他說話到現在，才不過三個月左右。

要沉浸在回憶中似乎有點太早了。

湊調整了一下心情，然後轉頭望向葉月。

「呃～妳剛剛說什麼？」

「就說了，你想玩什麼？人家的話是想玩彈跳床。其實人家從昨天開始就特別想玩彈跳床呢。」

「這世界上真的會有突然想玩彈跳床的衝動嗎？」

「人家就有啊。那麼，我們去玩彈跳床吧？」

「可以是可以。不過葉月妳不是穿裙子嗎？去換件衣服吧。這裡應該可以租運動服吧？」

「咦？啊……沒什麼關係吧？反正人家有穿安全褲。」

葉月掀起了制服迷你裙。

露出白皙漂亮的大腿——

她確實穿著安全褲。雖然是穿著安全褲沒錯……

「別在這種地方掀裙子啦！」

葉月的安全褲尺寸和短褲一樣短，都可以看到大腿根部了。

甚至會讓人差點以為那是內褲。

「我說啊，阿湊，在現在這個時代，已經沒有女高中生會只穿內褲啦～」

「那不是只穿內褲的問題啦。男生啊，只要看到掀起裙子的動作就會心動喔。」

「咦～酷酷的湊同學也會有色色的想法呀？真讓人意外呢。」

只見葉月賊兮兮地笑著，用手肘頂了頂湊的腰。

「我又沒有在裝酷……好了啦，我們走吧。」

「好～」

兩人穿過設施的走廊，來到彈跳床前面。

不知道是不是彈跳床不太受歡迎，這裡沒有其他使用者。

「什麼嘛～現在正好可以看到女高中生色色的樣子，結果竟然沒有人喔？」

「應該算幸運吧。」
「這樣一來，阿湊就可以獨占人家色色的樣子了呢。」
「不要一直強調色色啦。」
總之，兩人脫掉鞋子後站上了彈跳床。
就算只是跳上跳下，意外地也很有趣。
跳到一般跳不到的高度，看到不一樣的景象會讓人有種新鮮的感受。
「嘿……咻！」
「嗚哇！」
當湊不經意地往旁邊望去，就剛好看到葉月做了一個漂亮的後空翻。
裙子翩然飄起，讓黑色安全褲包住的屁股一覽無遺。
「喂、喂喂，這裡寫禁止後空翻耶！」
「啊，是喔？反正又沒有其他人在，沒關係吧。」
「不是那種問題吧？」
要是因為後空翻搞得頸椎骨折，問題可就大了。
雖然葉月的後空翻動作很穩定，但身為她的朋友依舊會感到不安。
「人家唯獨對自己的運動神經很有自信，就算做些偏特技的動作應該也沒問題吧？像是月面空翻之類的。」

「真虧妳知道那種特技呢。拜託妳了，千萬別做危險動作啦。」

「那麼你就來當人家的練習對象吧～！」

「嗚哇！」

葉月猛地一跳，撲向了湊。

湊的胸口確實地感受到了一對隆起的軟綿綿觸感，亮褐色的頭髮也飄來輕飄飄的香味。

兩個人就這麼倒在彈跳床上，接著又彈了起來。

「好、好險……妳在做什麼啦，葉月！」

「哈哈哈哈！阿湊剛剛的臉好好笑～可惜沒拍下來！」

「我最好是會讓那種東西留下紀錄啦！」

「別生氣、別生氣。只是玩一下嘛！」

「真是的……」

從剛才開始就一直看到裙下風光，被碩大的胸部擠壓，還聞到了頭髮的香味。

湊的心跳已經快到不行，但沒有表現在態度上。

畢竟葉月就只是朋友。

兩人玩彈跳床玩了一陣子之後，隨即前往其他地方。

接下來同樣是依照葉月的要求，兩人決定玩桌球。

「耶～看到剛才的殺球了嗎！」

「嗚……！」

湊的運動神經不算出眾，卻也不算差勁。

儘管他在國中時代也打過桌球，然而葉月比他強太多了。

「你得盡量打在左右兩邊才行喔！啊，剛剛明明有殺球的好機會耶，你在搞什麼啊！」

「囉嗦啦，防禦就是最好的攻擊！」

湊光是要把葉月的球打回去，就已經很吃力了。

雖然葉月的攻擊確實很強悍——

「嘿～看招～！」

但開心揮著球拍的葉月胸部晃得更是激烈。

又是左右晃動，又是像扣球殺球那樣上下彈跳。

這傢伙到底是什麼罩杯啊……？

這是他和葉月開始玩之後，腦中無數次浮現的疑問。

「來吧來吧，接招吧～！」

「嗚……！」

葉月的殺球發出「啪」的一聲，直接命中了湊的臉。

「啊，抱歉。你沒事吧，阿湊？」

「沒事啦，只是乒乓球而已……」

其實有點痛，不過湊忍下來了。

「反正就算被葉月那種軟趴趴的殺球打中，也比不上被蚊子叮嘛。」

「喔，你這傢伙真會說呢……」

葉月以拉球的方式將湊的發球打了回去——

「嗚喔！」

葉月打出的球劃出一道弧線，被湊的球拍側面彈開，又打中了他的臉。

「剛、剛才那是什麼球？」

「只是普通的側旋球喔。人家發得出這種必殺技啦。」

「嗚，竟然在玩休閒的桌球時用那種奇怪的技巧……！」

「呵呵呵，隨便你叫吧。人家有段時間在斯波迪一直玩桌球呢，那時候掌握了很多技巧。」

葉月「咻咻」地輕揮了幾下球拍，笑著說道。

「那麼，我們繼續打吧。再拿到一分就是人家贏嘍。現在肚子也餓了，輸的那一方要請吃漢堡喔。」

「別在賽末點的時候才說啦！」

「哈哈哈，聽起來就像是喪家之犬的叫聲呢。汪汪～」

「明明是葉月在叫吧。哼，現在開始逆轉才叫刺激。」

「好啊，這樣才對嘛，阿湊。」

「給我等著瞧，葉月！」

儘管嘴上這麼說，但對湊而言，勝負已經不重要了。

能夠看到那麼香豔的乳搖，請吃漢堡的代價並不算昂貴。

不過，他當然不會把這件事說出口。

湊一邊把葉月的球打回去，一邊盡量延長比賽時間，享受著乳搖的美景。

其實他已經對葉月產生了超越好奇心的**慾望**——

然而湊太過在意雙方的友情，讓他一直假裝沒注意到那種自然而然的情感流動。

他完全沒有想過，如此不自然的狀態究竟會招來什麼樣的後果——

盡興地大玩特玩之後，湊和葉月離開了斯波迪。

兩人前往車站，搭了十分鐘左右的電車。

下車出站後，馬上就能看到一棟十二層樓的公寓。

公寓的名稱是「流暢朋有」。

兩人並肩走進公寓的入口大廳。

「阿湊，**今天去哪邊？**」

「昨天是去妳那邊，今天就來我家吧？」
「ＯＫ。人家先去看一下小桃。」
兩人走進電梯，湊在十樓出去。
在電梯門關上前，葉月輕輕地揮了揮手。
其實——**湊和葉月是同一棟公寓的居民**。
湊住十樓，葉月住十二樓。
雖說兩人有好一段時間都沒注意到和對方住在同一棟公寓就是了。
湊是在上了高中後的春天搬進來，葉月則是在一年前就搬到這間公寓。
兩人是在暑假前幾天才發現了這件事。
湊和葉月和班上的朋友一起去海邊的那天，兩人回家時走的是同一個方向——
不僅如此，就連去的車站、最後抵達的住處也是同一個地方。
由於他們一起玩的時候都是各自回家，之前完全沒有注意到這點。
平時湊都會提早離開，葉月則是在之後找人聊天，或是有事去其他地方。兩人很神奇地從來沒有一起回家過——
葉月那天在海邊玩得太開心，沒力氣再亂跑，所以他們才會發現此事。
雖然湊大吃了一驚——葉月卻意外地冷靜。
「人家也有其他朋友住得很近。既然上同一間高中，有些人住得近也不奇怪嘛。」

——事情就是這樣。

不過即使如此，兩個人住在同一間公寓的機率應該也沒有那麼高吧。

儘管這對葉月來說可能不是什麼問題——

但是湊有種感覺，葉月的存在在他的心中似乎越來越大了。

要他對雙方讀同一間學校，同一個班級，不但是朋友還住同一間公寓的事實沒有特殊的感覺，根本是不可能的事。

話是這樣說，湊依舊相當努力地克制自己。

他提醒自己：不要認為自己在葉月的心中是特別的。

學校的事，還有公寓的事都只是巧合罷了——

「這樣一來，以後就算回家也可以一起玩了嘛。太好了。」

湊很努力地克制自己，葉月卻說出會讓人誤解的話，讓他困擾萬分。

如此這般。暑假結束之後，夏天過去，秋天逐漸到來——

即使與朋友外出遊玩，到最後也總是只剩他們兩人。

不知道為什麼，葉月去其他地方的機會大幅減少，湊變得經常能和她一起回家。

這樣的日子一直持續下去，現在湊和葉月放學後玩在一起也不再稀奇了。

「說真的，為什麼事情會變成這樣啊……」

湊一邊打開自家大門，一邊喃喃自語著。

他仍然不敢相信自己每天都能和葉月出去玩。
每當和葉月分開後，他總是會赫然回過神來。
不過既然這已經成為每天的家常便飯，他也沒辦法每次都沉浸在感慨之中。
湊踏進玄關，走向自己的房間。
他和父親兩人同住。
這間房子的格局是兩房一廳，空間夠大，建築也很新，住起來非常舒適。
湊的母親在他小時候就去世了。
雖然父親不擅長家務，卻仍盡力而為。現在湊已經是高中生，可以自己處理基本的家務，所以生活上沒有不滿之處。
由於之前住的公寓已然太小，他們才會搬家。而這間新公寓相當整潔，完全沒有可以挑剔的地方。
湊進入自己的房間，將制服換成舒適的T恤與短褲。
雖然時節已經進入秋天，但在室內做這樣的打扮一點也不覺得冷。
湊的房間裡有書桌、床鋪、書架，還有液晶螢幕。
雖然也有個衣櫃，但因為他對於流行沒有興趣，衣服很少，衣櫃幾乎成了置物櫃。
螢幕前有一張小桌子，上面放著無線滑鼠和鍵盤。
鍵盤是會發出閃亮紅光的那種——也就是所謂的電競鍵盤。

當然，滑鼠也是多按鍵的電競型產品。

他把筆記型電腦連接到二十四吋的螢幕上，讓他可以觀看大螢幕。

湊坐在桌子前移動了一下滑鼠，將筆記型電腦從休眠模式喚醒，之後便開始隨意地瀏覽網路。

「喂～我來嘍～！」

門開啟的聲音響起，接著是一陣嘈雜的聲響。

因為大門沒鎖，葉月也就直接進來了。

這就是湊壽也的放學後時光。

擁有一位可愛的女性朋友，幸福過頭的日常生活。

「嗨～我還帶了飲料來嘍。」

「喔，謝啦。妳真體貼啊，葉月。」

「這是理所當然的嘛。」

在進入湊的房間之前，葉月先到廚房，拿了一瓶紅茶和杯子過來。

順帶一提，葉月不知道什麼時候已經在湊家放了自己的專用杯子。

那是星巴克的粉紅色杯子，似乎是她的最愛。

看來在葉月家，女兒經常造訪別人家到了會放專用杯子的程度也不成問題。

葉月家沒有父親，她和母親相依為命。

除此之外，她們還養了一隻名叫小桃的貓。

不過，小桃似乎是隻性格很獨立的貓。只要給牠吃的，即使不搭理牠，牠也不會有任何抱怨——據說是這樣。

湊去葉月家多次了。但小桃總是躲在暗處，不肯露出身影。

由於湊很喜歡貓，他期待有朝一日能看到小桃。

湊和葉月雙方的父母都非常忙碌，回家時已經是深夜了。
有時候甚至會整晚不回家。
因此兩人成為好友後，回到公寓時就常常待在對方的房間。這已成為他們的日常。
大部分時間他們會直接從學校回家，像今天這樣在外面玩其實很罕見。
雖然葉月是社交咖團體的女王，但最近她已經完全變成室內派了。
不過或許因為她是超級美少女又擅長社交，即使不常陪朋友，女王地位依舊相當穩固。
「呼～好累啊～」
「那是因為妳玩得太瘋了……咦？」
仔細一看，葉月仍穿著制服。
「怎麼回事，葉月？妳沒在家裡換衣服嗎？」
「換衣服太麻煩了。反正就算有點皺也無所謂啦。」
葉月一頭倒在湊的床上。
「啊～好舒服。運動完後躺下來真的太棒了～」
「妳很愜意嘛。」
葉月已經完全融入了湊家。
真要說的話，她來湊家的次數比較多。
由於葉月家住著她們母女兩人——只有女性，湊多少有些顧忌。

話雖如此，他還是每週會去葉月家一到兩次。

「所以妳晚餐要吃什麼？我有速食咖哩……還有速食牛肉燴飯就是了。」

「又吃那些？也許人家該學一下怎麼煮飯了。想像一下，如果看到人家穿著圍裙站在廚房，你會心跳加速吧？」

「倘若是葉月做的料理，我可能會因為其他原因心跳加速吧。」

「你這傢伙……還真敢說啊！」

葉月從床上伸出手來，用拳頭狠狠地揉著湊的肩膀。

「我們兩個明明都是長年的鑰匙兒童，卻都不會煮飯。」

「反正外面有便利商店，也有外送，還有各種餐廳嘛。」

這棟公寓附近不只有便利商店，還有幾間連鎖餐廳。

不過儘管湊和葉月從父母那裡得到了充足的生活費，但都不喜歡奢侈的食物。

「速食食品也很好吃就是了。啊，如果阿湊想吃女生親手做的料理，人家可以提供服務喔？」

「即使視覺上是服務，對舌頭和胃依舊是拷問吧？」

「你這傢伙，嘴巴怎麼一直這麼毒啊～」

葉月又伸出了手，這次改用拳頭輕輕敲打湊的肩膀。

儘管不怎麼痛，葉月的眼神看起來卻有點可怕。

「還是說我來做？雖然葉月的力氣比我大，但我的手比較巧。」

「不要把『力氣』這種詞用在女生身上好嗎？反正湊和人家都不會真的去做吧。人家覺得，只要有人陪自己在家吃晚餐，那就很滿足了。」

「………」

湊有些驚訝地想著：葉月竟然會說出這麼可愛的話。

不過他完全同意這個說法。對於從小到大，大部分時間都是獨自吃晚餐的湊來說，有葉月在身邊讓他非常感激。

「好了好了，別再談這些了。」

葉月苦笑地揮了揮手。

「晚餐就先不吃了，反正剛剛才吃過漢堡。等到八點再吃吧？」

「好啊，我也不太餓。」

現在是晚上七點，距離八點還有一個小時。

從斯波迪回來的路上，他們吃了漢堡——當然，是由輸掉桌球比賽的湊請客。

雖說他們都還在成長期，但現在還不到會覺得餓的時候。

「那我就玩一下傳說好了……沒問題吧？」

「既然你今天陪我玩了，接下來就是我陪你玩嘍。」

「說什麼陪我玩，妳不就只是在旁邊看嗎？」

湊開始操作電腦，啟動遊戲，一邊露出苦笑。
之前他也讓葉月試玩了幾次遊戲，然而她的技術實在過於差勁。
她本人氣得不得了，不知道敲了多少次桌子。
「有人家這種美少女在旁邊加油，遊戲玩起來應該會更順利吧？」
「妳實在太吵了，老是碎碎唸著『旁邊有人來了。』或是『為什麼不撿剛才那個道具？』又或是『那個女角的胸部好大喔！』之類的話。」
「還不是因為湊老是選胸部大的女角嘛。要是想看大胸部的女生，只要往旁邊看不就好了？」
「那我已經看膩了。」
「喂，人家這邊可是真的喔！況且還是正在成長的胸部喔。」
「咦？葉月，妳又變大了喔？」
湊情不自禁地轉過頭，看著躺在床上的葉月的胸部。
她在粉紅色開襟毛衣底下穿著白色襯衫，襯衫的鈕扣解開了幾顆，露出乳溝。
不僅如此，還能隱約窺見黑色的胸罩。
「人家只是高一生喔？當然還會繼續成長啦。」
「是、是這樣嗎……要是再繼續變大，感覺會很妨礙活動。」
「現在就已經很妨礙活動啦～人家又不是寫真偶像，太大也沒什麼好處。」

「唔……」

「喂，別愣在那邊看。阿湊，看前面啊。遊戲不是已經開始了嗎？」

「哎呀。」

湊將視線從充滿魅力的乳溝拉回前方。

葉月說的對，遊戲已經開始了。

傳說英雄是第一人稱射擊遊戲，當角色從運輸機空降到地面時，遊戲就開始了。

而湊使用的角色早就已經跳進了半空中。

「好、好險啊。可惡，竟然被巨乳妨礙……這款遊戲輸掉的話階級會下降耶。」

「別說什麼巨乳啦。」

葉月在床鋪上滾來滾去，那對巨乳也跟著晃動。

「話說呀，女生的大小很容易看出來，未免太不公平了。明明男生就看不出大小。」

「妳又在說那種粗俗的話了……」

不知道從什麼時候開始，葉月就常常不經意地開起黃腔。

女孩子之間會聊那種話題。以她的角度來看，或許這就像是在和她的女性朋友聊天吧。

儘管湊不喜歡太過直白的黃腔，但葉月有掌握好分寸。

如果對方只是開些輕微的黃腔，倒也挺合他的意。

「欸，阿湊。」

「嗯？」

從聲音聽起來，葉月似乎想到了什麼有趣的事，正不懷好意地笑著。

「下次喔，讓人家看看阿湊的吧。」

「要看一般的樣子，還是膨脹時的樣子？」

看來這段黃腔還要繼續開下去。

「你有得選嗎？」

「啊？什麼意思？」

「因為給人家看那個的時候，阿湊不可能不興奮嘛。既然如此，不就會膨脹嗎？」

「不要把別人說得像是暴露狂好嘛！」

湊一邊吐槽，一邊穿梭在遊戲場地內搜刮武器、彈藥與恢復道具。

雖然傳說英雄是ＦＰＳ遊戲，但初期的裝備就只有一把小刀。

玩家必須搜刮設置在遊戲場地內的多個箱子，以獲取裝備。

「呀哈哈哈哈哈。不過人家也想看看一般的樣子呢。這樣的話，就只能趁你睡著的時候偷襲了。」

「偷襲？」

「對對。不知道阿湊的小小湊長什麼樣子呢！」

「什麼我的小小湊嘛。是說～感覺妳真的會動手，太恐怖了……」

當湊不小心睡著時，褲子被脫下，讓葉月看到那個……

儘管那種情境感覺會讓人很興奮，然而更多的應該是極度的羞恥。

「哈哈哈，阿湊很好玩呢，可以不用手下留情，盡情捉弄。」

「才不好。醒著的時候被看到還比較好……喔，來了來了！」

湊發現了遠處的敵蹤。

他舉起槍，對準目標開了幾槍。

然而只造成一點點傷害，敵人就躲了起來。

「啊～啊，對方逃掉了。照這樣下去，你會沒辦法升階耶。」

「囉嗦啦。」

葉月幾乎每天都在看湊玩傳說英雄，對遊戲內容已經有所了解。

傳說英雄是所謂的大逃殺類型遊戲。

三人組成一隊，打敗其他隊伍，最後留下的隊伍就是贏家。

由於葉月對遊戲一知半解，她經常在後面嘲笑湊。

湊決定重新集中精力在遊戲上。

看來這一場遊戲的狀況不太好，感覺好像聚集了許多高階玩家。

湊的技術大概屬於中上的程度，但是他贏不了那些幾乎整天都在遊戲裡的狂熱玩家。

少數場合還會有職業遊戲玩家混在對手之中。在那種情況下，太過拚命只會吃大虧。

湊小心翼翼地走位，等待其他隊伍被淘汰。有時他會趁著敵人互相攻擊時從後面加入戰局，來個螳螂捕蟬，黃雀在後。

中級玩家也有適合他們的策略。

湊小心再三地走位——

「啊，糟了……！」

然而他太過小心，縮小了自己的行動範圍，似乎被敵人猜出他的位置了。

結果他中了埋伏，一下子就被打敗了。

他的兩名隊友也幾乎同時倒下，螢幕上顯示出「ＡＬＬ　ＤＥＡＤ」的字樣。

「啊，失誤了……算了，反正至少有進入前十名……」

即使沒有得到第一名，只要進入前十就能獲得分數。

這款遊戲的精髓就是累積分數提升階級。

雖然玩家也會經歷連續輸掉好幾場時掉階的地獄般體驗。

之後他又玩了兩場，兩次都勉強擠進前十名。

「唔～不行啊！我要立刻復仇——等等，晚餐怎麼辦……咦？」

湊丟下了滑鼠，回頭一看——

「呼……呼……呼……呼……」

「……喂。」

葉月已經在湊的床上呼呼大睡了。

她趴在床上，手中仍握著手機。

看來是因為看膩了遊戲，滑手機滑到睡著了。

想到她在斯波迪玩得那麼開心，現在會累到睡著也不奇怪。

「真是的……晚餐怎麼辦啊？」

儘管還不到八點，但她看起來睡得很熟，不知何時才會醒來。

還是先準備晚餐，等到準備好後再硬把她挖起來吧。

不過她睡得很舒服，要叫她起床會讓人有點怕怕的。

湊一邊煩惱，一邊盯著床上的朋友看。

她的睡臉好可愛。

不對，即使醒著，葉月的長相也是超級可愛。

畢竟她不僅是全班公認的美少女，還是全校公認的美少女，那副睡臉簡直就像個天使。

雖然就算把湊打到半死，他也不會在本人面前用這麼肉麻的形容詞。

「呼……呼……」

葉月的身體配合著呼吸，緩緩地起伏。

由於她趴著睡覺，擠扁了那對她自傲的巨乳。這幅畫面看起來格外色情。

儘管對方是朋友——卻也因為她是異性，湊依舊會下意識地觀察對方的長相與身體。

雖然對葉月很不好意思，但這就像是一種本能，湊也沒辦法自我控制。
男女之間是存在著友情的。
儘管現在的湊可以斬釘截鐵地說出這種話，但他們之間不可能只有友情仍是事實。
老實說，他之所以和葉月一起玩，其實多少還是有些居心不良。
能夠和這麼可愛，身材又煽情的美少女一起玩，要他沒有不良居心根本是不可能的事。
即使是已經不敢再對與女性交往有所奢望的湊，依舊無法不對葉月產生慾望。
「不過，妳也已經察覺到了吧……？」
湊伸出食指戳了戳葉月的臉頰。
那張臉頰又嫩又軟，就像布丁一樣。
葉月的成績雖然差，卻絕對不遲鈍。
她身邊可是有很多朋友，一定很清楚男性有什麼樣的慾望。
「啊，對了……」
湊突然想到了一件事。
葉月之前說要趁湊睡著的時候偷襲他。
一般來說，他會覺得那是個玩笑話。
但如果是葉月，想必真的會做出那種事。
她有可能會先讓人以為那是玩笑，再做出難以置信的惡作劇。

就像她今天在彈跳床上突然撲過來，或是在打桌球時使出側旋球那種神祕技術。
那麼我稍微做點反擊也是合理的吧。
不對，應該說搶先趁她睡覺時偷襲也是正當的。
「不過嘛——」
湊伸出手，一口氣抓住葉月的裙襬。
雖然他不久前才看過裙底下的風光，但心臟仍然跳個不停。
該說是男人可悲的本性嗎？即使知道那只是安全褲，他還是很興奮。
當他掀起熟悉的制服裙子時——

「…………！」

是內褲。
是一條邊緣綴著蕾絲刺繡的黑色內褲。
內褲的邊緣還隱約可以看到底下的肌膚。
由於她趴著，看不到前面的樣子。
但是湊已經看到半個小巧又柔軟有彈性的屁股了。
葉月的屁股白皙光滑，彷彿當她微微晃動時，臀肉也會跟著彈性十足地抖動。

儘管他們相處了好幾個月的時間，不過理所當然地，這還是湊第一次親眼看到葉月的內褲。

葉月說過，在現在這個時代，幾乎所有女高中生都會穿著安全褲。

雖然學校裡到處都是穿迷你裙的女生，但根本不可能有看到內褲的機會。

湊不禁吞了口口水——

「嗯嗯……」

葉月翻了個身。

她的裙子仍然處於翻起來的狀態，讓內褲前面露了出來。

前面不但有蕾絲刺繡，還有個小小的紅色蝴蝶結。

白皙的大腿一覽無遺。湊直到現在才知道，這位朋友的肌膚是如此雪白。

滑嫩的白皙肌膚，黑色的內褲，還有被遮住的某個——

湊直直地盯著那裡，無法將目光移開。

不知不覺間，他已經把臉靠到會將呼吸的氣息噴到那個地方的距離——

「……我說啊，你看夠了吧？可以了嗎？」

「…………！」

湊驚慌地跳了起來，從床上退開。

葉月從床上挺起上半身——正半瞇著眼瞪著湊。

而且還滿臉通紅。

「抱、抱歉，葉月！這是……！」

「沒想到竟然被阿湊搶先一步了。人家本來還打算偷偷脫掉你的褲子呢。」

「……咦，奇怪？葉月，妳不生氣嗎……？」

「人家這張臉看起來像沒有生氣嗎？」

「不像，看起來就是在生氣。」

葉月鼓起了腮幫子。

在睡覺的時候被人掀裙子，內褲被看光光，她不可能不生氣。

就算對方是男朋友，一定也會生氣吧。

更別說湊與葉月並非男女朋友，只是普通朋友——

「被你那樣死死地盯著看，人家也是會害羞的。可不可以稍微收斂一點？」

「啊？是程度的問題喔？」

「就像……你的內褲被人看到也不是什麼大不了的事吧……」

「咦咦？」

依照湊的標準，男女內褲的價值是截然不同的。

「哼，竟然不小心睡著了。這是人家的失誤。」

「是、是這樣嗎……」

葉月對湊敞開心扉的程度，似乎比湊預想的還要高。

在某種意義上，她可能覺得比和男友相處還要自在吧。

「咦？葉月，妳剛才不是有穿安全褲嗎？」

「是啊，回到家後就脫掉了」

「既然沒有換制服，為什麼只脫那個啊？」

「老實說，人家不喜歡穿安全褲。穿了反而沒辦法放鬆。」

「那東西不就是為了放鬆而穿的嗎？」

在湊的認知中，安全褲是為了不讓人看見內褲，穿著心安的服裝。

「只脫安全褲很快啦。而且每次來這裡時，人家大部分時間都是脫掉安全褲的喔？只是沒有特地告訴你而已。」

「如果妳告訴我，那不就是個變態了嗎？」

沒必要特地說出「人家現在只穿著內褲」那種話。

「不過我倒是可以理解穿兩件褲子會很不舒服啦……」

「啊，原來如此，人家明白了。阿湊，你是不是以為人家穿安全褲，才掀人家的裙子啊？」

「那、那是當然啦。再怎麼說，要是我知道妳只穿內褲——」

「別說『只穿內褲』啦。既然這樣，那人家就不生氣了。你應該感謝人家喔，阿湊。」

「謝、謝謝……」

湊情不自禁地低下了頭。

儘管這樣說聽起來像是找藉口，不過若是知道葉月的裙子底下沒有穿安全褲，他應該就不會掀裙子了。

「……不對，應該說如果知道了反而更想掀……」

「你在那邊碎碎唸什麼啊，阿湊？真是的，你呀——」

葉月從床上站起身，俯視著還坐在地上的湊。

由於她的裙子太短，感覺又會看到裙下風光。

「感覺呀～阿湊又太過顧慮人家了呢。」

「咦？顧慮？」

「雖然我們是朋友，但彼此依舊不可能完全沒有顧忌對吧？要是你做出很不夠體貼，或者不懂得察言觀色的事，在某些情況下，即使是人家也會無法忍受。」

「什、什麼意思？我以前犯過什麼錯嗎？」

「不是那樣的。人家想說的是你太過客氣了……不，好像不能這麼說。」

「到底是怎麼樣啊？」

她突然間說了些莫名其妙的話，隨即又否定自己，完全讓人摸不著頭腦。

「你呀，其實**可以更接近人家一點**，但你總是停在那裡不動～」

「沒、沒有那種事……」

「事先聲明喔，人家可是很少邀別人到自己家裡的。」

「……………」

葉月認為我是特別的——她認為我是特別的朋友。

應該可以這樣想吧？

湊的腦袋幾乎要陷入一片混亂。

「雖然人家並沒有想將朋友排名。」

葉月微微紅著臉，撇過頭去。

「但總之……人家現在最要好的朋友就是阿湊喔。」

「…………」

「別、別不說話啦！吐槽一下人家幹嘛要講那種丟臉的話也好啊！啊～早知道就別說了！」

「抱、抱歉……」

「也不要道歉！人家不是那個意思……你也講些丟臉的話啦！」

「那是什麼要求啊！」

「有什麼話想對人家說都可以！你應該至少有一兩件因為顧慮太多而說不出口的話吧？」

「就算妳突然這麼講，我也不知道要說些什麼……啊。」
突然間，湊的腦中閃過一個誇張的念頭。
他和葉月這幾個月建立起的關係不會那麼輕易就破裂。
兩人之間似乎確實存在著讓他如此肯定的友情。
況且，他覺得那個念頭也可以滿足葉月現在的要求——
「喂，葉月」
「嗯？」

「拜託了——讓我看看妳的內褲吧！」

「啥？」
站著的葉月驚慌失措地壓住裙子。
「說、說什麼讓你看內褲……你剛才不是已經看很久了嗎！」
「如果有機會看，當然是能看多久就看多久啊！」
「看、看了又能怎樣？」
「妳覺得想看女生的內褲還需要什麼理由嗎！」
「為什麼人家反而被訓了一頓啊？」

葉月眼神銳利地瞪著湊——

「應該說，你會要求朋友讓自己看內褲喔？」

「對一般的女孩子我是不敢這麼說的。就算對方是女朋友，我可能也不敢。」

「……所以你的意思是，因為人家是朋友，你就敢說了？」

「妳不是要我不用顧慮，可以更接近妳一點嗎……？」

這種理論簡直是詭辯到了極點。

「人、人家不是那個意思……好像也說得通？啊，人家都不知道自己到底在說什麼了！」

葉月抱胸沉吟著。

「也、也就是說，湊有那麼想看嗎？看、看人家的內……內褲……」

「我就說了，想看不需要理由——」

「那該說是本能還是慾望……畢竟阿湊也是個男孩子嘛……」

葉月突然抓住了裙襬。

「總、總之，如果只是給看內褲這種小事……應該可以吧……」

「不、不用付錢嗎？」

「你付我錢的話，我反而會拒絕！」

「這、這樣啊。說得也是，對不起。」

湊意識到自己確實說了些蠢話，對此進行反省。

朋友之間不該有金錢往來。

就某種意義上來說，那是比要對方給自己看內褲更不可取的事。

「這種白痴對話還要講多久？快、快看啦。」

「…………！」

出乎意料地，葉月乾脆地掀起了她的裙子。

不過她並沒有掀太多，只露出了一點點黑色內褲。

但是只露出一點反而更加煽情。

「喔……」

「喂喂，你的眼睛都亮起來了！明明你在傳說英雄拿到冠軍的時候，眼睛都沒有這麼亮！」

「那是當然的……」

在傳說英雄裡拿冠軍絕不是件容易的事。

但是，能夠近距離看到可愛女生的內褲，更不是常有的事。

「不過你也看得太入神了……看人家看成這樣……」

「抱歉，可以稍微把裙子掀高一點嗎？」

「而且要求有夠多。你未免太得寸進尺了吧……這、這樣可以嗎？」

儘管葉月有些為難地這麼說，卻還是乖乖地稍微提起了一點裙子。

兩腿間微微鼓起的那裡就這麼露出來了。

黑色內褲底下的那個部分有著什麼呢——湊一邊幻想，一邊吞了口口水。

「可以看到內褲是那麼值得高興的事嗎？」

「那是當然了……」

「……欸、欸，阿湊。」

「幹什麼啦？我現在正看得過癮呢。」

「你盯著看太久了……就、就到這裡！已經看夠了吧！」

「好、好的。」

湊點了點頭。葉月隨即放下掀起裙子的手，壓住裙襬。

「我、我太過分了嗎？」

「有一點……不過人家也會想看可愛女生的內褲呢，像是瑠伽的。」

「瑠伽……喔，妳是說瀨里奈啊？」

瀨里奈瑠伽是湊和葉月的同班女同學。

她的外表和葉月正好相反，是個有著黑色長髮，看起來很清純的美少女。

雖說女生想看女生內褲的念頭與男生的慾望應該是不同的東西。

「哎呀，忘掉人家剛才說的話吧。話說啊～這種『遊戲』也很有趣嘛……」

「剛才那算遊戲嗎？」

如果是這麼有趣的遊戲，我每天都會想玩。

儘管以性的眼光看待女性朋友讓人有點內疚，但是要對如此可愛的葉月不抱歪腦筋是不可能的。

「不過呢～原來阿湊這麼色呀。大色狼大色狼！」

「別用那種小學生的挑釁方式啦！」

「哇哈哈。」

葉月開懷地大笑。

她現在的天真模樣，完全看不出剛才那種露出內褲的煽情姿態。

湊差點又要心跳加快了。

這種天真的笑臉與剛才那種非常色情的內褲的反差，簡直讓人欲罷不能……

「……喂，阿湊，你該不會又在想色色的事了吧？」

「哪、哪有那種事。」

「別太過分嘍。人家可不是你的女朋友喔？」

「我、我知道啦。今後還請繼續和我保持良好的關係……」

「別那麼拘謹啦～不過呢……」

葉月紅著臉移開了視線——

「只、只是偶爾的話……下次再來玩這種遊戲吧？」

「…………」

湊當然沒有拒絕的理由。

看來葉月也確實玩得很開心。

這位女性朋友不只另類，似乎還比湊原先所想的來得不平凡。

既然她都給自己看了內褲，不知道還可以接受到什麼程度的要求呢——

湊的腦中不禁浮現了那種有點沒禮貌的想法。

湊和葉月學會玩「新遊戲」的幾天後……

在這段時間裡，葉月幾乎每天——不，是確確實實每天都跑到湊的家裡玩。

這天放學後，兩人照例地一起回到公寓，搭上電梯。

「阿湊，今天來我家吧？每天都去湊的家打擾，感覺不太好意思。」

「唔～反正我爸很晚才回家，沒什麼關係啦。」

「這是人家感受的問題——欸，喂！」

「抱歉，抱歉。」

湊快速地把手從葉月的裙子移開。

被掀起的裙子恢復原樣，遮住耀眼的白皙大腿與黑色安全褲。

但由於葉月的制服裙子很短，所以大腿還是處於露出來的狀態。

「真是的～雖然人家是**說過**穿著安全褲的時候**可以隨便看沒錯啦**。」

「葉月妳的確說過呢。」

「但是不可以在電梯裡看！要是突然停下來，有別人搭上電梯怎麼辦？」

「那個人會很羨慕吧……？」

「你是白痴嗎！我們會被當成腦袋有問題的人啦！」

男生在電梯裡掀起女高中生的裙子——

好一點會被當成色狼，糟糕一點兩人應該會被當成在玩色狼遊戲的變態吧。

不對，不管是哪一種都很糟糕。

「你真的會被報警捉走喔？而且還會牽連到人家耶。」

「對、對不起嘛。」

沒錯——自從他們學會了那種新遊戲之後，葉月便很會提供福利給湊。

當兩人獨處時，她甚至允許湊做出掀起她的裙子這種誇張的行為。

雖說如此，要是做得太過火，也會像現在這樣挨罵。

即使兩人是朋友，似乎依舊存在著應該要注意分寸的界線。

「至少忍到進門吧？」

「進門就可以了喔？」

不過葉月對湊設下的界線似乎退得相當後面。

她平時所穿的黑色安全褲是包住臀部的類型，長度相當短，不但露出大部分的大腿，布料面積也和內褲差不多。

況且因為緊貼著皮膚，可以清楚看到她的臀部線條。老實說，已經非常性感了。

湊不由得隔著葉月的裙子端詳著她的臀部。

兩人步出電梯，走在前往葉月家的走廊上。

「葉月，妳的裙子好短喔。就算穿著安全褲，也要注意不要讓人看到裙子裡面喔？」

「湊有資格說那種話嗎？」

「……也是呢。」

「人家可是很小心的～像是風很大的時候，或者上樓梯之際，人家都會壓住裙子。你該不會把人家當成暴露狂了吧？」

「妳不是都給我看了？」

「阿湊是人家的朋友嘛。」

他們穿過了走廊。葉月打開自家大門，走了進去。

這時，她突然停住腳步——

「咦？阿湊，你不看安全褲了嗎？」

「反正剛才看過了，沒有那麼急啦。」
「不急喔……啊，小桃♡」
葉月粗魯地脫掉鞋子，跑向客廳。
湊也稍微瞥見了小桃的身影。
小桃是葉月的愛貓，和家人沒兩樣——不對，牠似乎完全就是家中的一分子。
「呿，牠又躲起來了。那傢伙一旦躲起來就不太會再露臉了。」
「我也沒有好好地看過牠呢。明明我已經來過葉月家很多次，牠未免也太怕生了吧。」
「小桃不是怕生啦。」
「咦？」
「牠只是不輕易露臉而已。基本上，小桃認為自己是家中最了不起的。」
「牠是哪位大人物啊？」
之後該不會還會對我垂簾聽政吧。
湊一邊懷著那種蠢念頭，一邊脫鞋走了進去。
「不知道為什麼，每次阿湊在時，牠都不會來人家的房間。」
「貓這種生物就是很難搞啦。」
狗很親近人，貓則是我行我素。儘管這種區分方式可能太武斷了。
湊也喜歡貓，每次看到尋找失蹤貓的海報時，甚至會先幫忙尋找。

雖然他很想摸摸小桃，卻還沒遇到那個機會。

「人家去拿飲料。你先去房間吧。」

「好。」

擅自闖進女生的房間，總感覺怕怕的——

他早就已經跨過那個階段了。

只見湊毫不在意地進入葉月的房間。

有花紋的白色地毯、木製書桌、梳妝台、衣櫃，以及一張大大的床鋪。

房間正中央擺著一張黑色茶几，旁邊還放了靠墊。

除此之外，房間裡到處都是兔子、熊、海豚與海豚的布偶。

這是個給人滿滿女高中生味的房間。剛開始時，湊還待得戰戰兢兢的。

但如今他已經待得很習慣，簡直可以說是自己的另一個房間。

「久等啦。人家突然想喝蘋果汁，剛好家裡有買就倒了。可以吧？」

「好啊。反正今天很暖和，喝冰的也不錯。」

湊道了聲謝，接過葉月遞過來的玻璃杯。

「對呀對呀。雖然已經十月了，但今天還是有點熱呢。」

葉月也喝了一口果汁，放到茶几上。正當她想坐到床上時——

「啊，我要脫掉安全褲。」

她一說完便站起身來，兩手伸進裙子裡。

接著挺出屁股，黑色安全褲就這麼從短裙下出現了——

「……喂，阿湊，你一直盯著會讓人家很害羞耶。」

「不是啊……女生不是有時候會在教室穿著裙子穿脫運動服嗎？」

「嗯？啊，那種事情很常見呢。」

「那種場景，意外地會讓人很心動喔。」

「男生有那麼純情嗎？」

「這個嘛，可能因人而異吧……」

以湊來說，會有種不可以盯著看的感覺。

由於他會斜眼稍微偷看，難以說自己是純情的人。

「喔……反、反正現在也沒有其他人看，就隨便你吧？」

「咦，可以隨便我嗎？」

「你的眼神亮得好誇張！」

湊忍不住整個身體都往前靠——

「那、那麼……我可以幫妳脫那條安全褲嗎？」

「咦，我說隨便你不是這意思——你、你真的想脫嗎？」

這個問題太多餘了，不可能存在肯定以外的回答。

「你明明都已經看過人家的內褲……脫安全褲到底哪裡好玩？」

「哎呀，我就想做一次嘛……」

「真的假的？男生的想法真難理解……不過，好像也挺有趣的……」

安全褲還停留在大腿處的葉月顯然有些猶豫。

那副模樣相當性感，但是她本人似乎沒察覺到這點。

「反，反正也沒什麼大不了的……好吧，就隨你了。」

「竟、竟然可以喔……」

葉月點了點頭。

畢竟又不是把羞人的地方給湊看，而且也幾乎不會碰到身體。

「好、好了。你脫吧，阿湊。」

「啊，在那之前……」

「嗯？」

「妳可以先穿回去嗎？既然要脫，我想從頭開始。」

「從頭開始？」

湊的要求似乎讓葉月驚訝萬分。

雖然脫到一半的安全褲確實很煽情，但既然有機會脫，他希望能直接把手伸進裙子裡面脫。

「你這傢伙很會得寸進尺耶……突然就變得這麼厚臉皮了。」
雖然口中喃喃抱怨，葉月仍然把安全褲穿回去了。
接著她拍了拍裙子，將亂掉的下襬弄整齊。
「好、好了。現在可以脫了……」
「好、好的。」
湊點了點頭，緩緩將手伸進站著的葉月裙子裡。
他小心地不碰到大腿，從內側提起裙子——
「那、那麼……我就脫掉安全褲嘍。」
「不用說出來啦……啊！」
湊一邊摸索，一邊捏著安全褲，讓褲子滑下大腿。
脫褲子的過程比他想像得還要順利——
「啊，喂，笨蛋！」
「咦？」
「內、內褲！你抓到內褲了！」
「啊、啊啊，抱歉！」
因為他只能用摸的來感覺，似乎不小心把內褲連同安全褲一起脫下來了。
也就是說，湊眼前的裙子底下既沒有安全褲也沒有內褲，而是在那下面的——

「喂，人家知道你在胡思亂想什麼喔？」

「……唔。」

不過，應該沒有哪個男性在這種狀況下不會想像著裙子底下的樣子吧。

「呃，那個……我應該把內褲拉回去嗎？」

「放、放著不管就可以了！真是的……阿湊你真的很想脫安全褲耶！」

「我也不想就這麼中斷啊。」

湊小心謹慎地捏住安全褲，繼續脫著褲子。

於是黑色的安全褲滑過白皙的大腿，出現在他眼前——

「稍、稍微抬起妳的腳，葉月。」

「難道你要整個脫掉才滿意嗎？」

雖然嘴上這麼說，葉月還是一屁股坐在床上，抬起了一隻腳。

「…………」

湊就在那個瞬間看到了飄起的裙子底下的風光。

不只稍微窺見被脫到大腿處的粉紅色內褲，還有更深處的——

雖然那裡是一片陰影，幾乎看不到什麼。

「怎麼了，阿湊？」

「沒、沒事。好，脫掉了。做得很好。」

「你當人家是小孩子呀？人家會自己脫啦。」

葉月再度隨意地舉起她的一隻腳，輕輕踢了湊的肩膀。

湊又在那個瞬間瞥見了粉紅色的內褲與深處的部位一眼。

「嗯？阿湊，你剛才為什麼要靠過來？」

「沒、沒有啦。這件安全褲該怎麼辦？可以給我嗎？」

「為什麼啊！你要拿去做什麼？」

「說、說得也是呢。」

面對這種太過超乎現實的狀況、太過超乎現實的景象，湊的腦袋似乎有點不清楚了。

再怎麼說，拿走女生的貼身衣物未免太過變態。

「等一下還要拿去洗，還給人家吧。先別說那些……呼～輕鬆多了。回到家後脫掉安全褲的那一刻真的太棒了。」

「這褲子有那麼礙事喔……？」

葉月收走安全褲後，湊總算暫時冷靜了下來。

要是繼續興奮下去，他不知道自己還會對葉月提出什麼要求。

「看人吧。人家是覺得很礙事啦，但也有女生穿更長的。男生不也有很多種內褲嗎？」

「是啊，像是長的四角褲、短的四角褲，或是三角褲之類的。我算是短四角褲派吧。」

「喔～人家還以為大部分人都穿長四角褲。男生也有各種偏好呢。」

「怎麼，妳想看嗎，葉月？」

「人家不要光明正大地看，要找機會硬脫下褲子看！」

「好可怕！」

碰上葉月，最可怕的就是她或許真的會那麼做。

不過那也讓湊感到有些興奮。

和葉月獨處之際，當湊不小心打起瞌睡時——她解開湊的皮帶，強行脫掉他褲子，端詳底下的四角褲。

那種禁忌般的場景讓他興奮不已。

「話說回來，那都不重要啦！今天不是說好要一起看劇嗎！」

「啊，喔，我都忘了」

葉月房間的牆上掛著一台四十三吋的電視。

最近葉月迷上了一部外國連續劇，似乎很想和湊一起看。

「人家周圍的人都沒在追這部劇呢，現在都已經拍到第六季了。因為劇情很長，很難找人一起看。」

「那麼長的話，的確會有點讓人不想看。」

而且那還是一部嚴肅的奇幻作品，角色的人際關係相當複雜，觀賞的門檻似乎不低。

「況且人家也不想找別人一起看之後，聽到『好無聊』的感想。」

「我也不能保證一定會喜歡喔。」

「人家隱約有種湊應該會喜歡的感覺。」

「真的嗎？」

平凡的湊與社交咖葉月，兩人在性格和立場上可以說是完全相反。

但他們莫名地合得來也是事實。

「還有，就算真的不好看，人家強迫你看到最後也不會感到心痛。」

「妳應該感到心痛啦！」

雖然湊沒資格說她，但葉月也是很不懂得什麼叫客氣的人。

也許正因為兩人是這樣的關係，她才會允許湊脫掉她的安全褲。

「人家就說了～這部劇雖然很有趣，但有很多地方真的很難懂。像是角色間看起來好像有過節，卻沒有詳細解釋。」

「不懂的地方上網查一下不就好了？」

「查了的話會被劇透啊！就算只看搜尋結果，也會被劇透光光！」

「也、也對啦。不是不能理解那種想法……」

湊同樣絕對不想被人劇透遊戲的內容，所以可以理解葉月的感覺。

「如果湊你也看，我們不就可以討論那些看不懂的地方，還可以分享感想嗎？」

「說得也是啦……」

一言以蔽之，葉月就是想找個一起欣賞這部連續劇的伴。
找湊一起看很方便，應該是最合適的選擇。
「那我們就開始看吧。葉月，麻煩妳嘍。」
「好喔。」
湊拿起茶几上的遙控器，遞給葉月。
葉月坐在床上，湊則是背靠著床坐在地上。
「話說回來呀，阿湊……」
「嗯？」
「剛才你是不是偷看了人家的裙子裡面！人家可沒有允許你這麼做耶！」
「嗚哇！」
葉月突然從後面用腳勾住湊的脖子。
「喂、喂喂……勒太緊了，太緊啦！」
「你這個假裝脫安全褲的壞蛋！必須給你點懲罰！」
「…………！」
葉月的大腿緊緊地勒著湊的脖子。
儘管勒得很緊——湊仍清楚地感受到柔軟的大腿觸感。
他不知道應該要感覺開心，還是痛苦。

「我說葉月啊……！」

「你以為這樣就了事了？」

「呃、不是……妳的大腿實在太有肉了……」

「你是說人家胖嗎？」

「不、不是啦……！」

葉月的大腿看起來很纖細，沒想到這麼有彈性。

不只肉肉的，而且還滑滑嫩嫩，令人欲罷不能。

對湊來說，舒服的感覺確實大過了痛苦。

「喔～看起來在看劇之前需要先稍微教訓你一下才行。你太得意忘形了！」

「喂、喂喂，這真的很不妙耶……」

「哈哈哈哈！騙人。你剛才笑了一下吧！」

葉月似乎知道湊雖然感受到痛苦，同時卻也很享受。

只見她用更大的力氣以大腿緊緊地勒著湊的脖子。湊則是用臉感受著那柔軟的觸感。

上次，她只是給湊看內褲。

而到了今天，葉月不僅讓他脫掉安全褲，還讓他體驗到宛如天堂般的大腿地獄。

和葉月玩樂的遊戲變得越來越有趣了——

3 女性朋友的可愛朋友

過了平靜的幾天之後——

湊和葉月依舊經常拜訪對方家裡，一起玩樂。

葉月偶爾會趁湊玩傳說英雄時在身後嘲笑他，或是在看之前那部連續劇時不小心劇透。

當然，他們並沒有每天都玩那種給湊看內褲或是脫安全褲的「遊戲」。

湊也不會強求。

雖然葉月有時會投來彷彿別有深意的眼神——

或許她也想再玩那種「遊戲」。

然而湊不想太過心急，以免被葉月討厭。

於是，他便以這種感覺持續與葉月相處下去。

「喔～原來如此。還有這樣的打法啊……」

午休時間——湊站在走廊的窗邊盯著手機。

他正在看傳說英雄的遊玩影片。

如果不參考高手的影片，永遠無法變強。

旁邊的朋友們正開心地聊著不重要的話題。

當然，湊除了葉月之外還有其他的朋友。在學校裡，他大部分的時間都是與那些朋友在一起。

「你在看什麼，湊？喔，是傳說英雄那個ＦＰＳ遊戲嗎？我妹也超喜歡玩的。」

「喔，聽說女生玩家也很多喔。」

「我妹是個邊緣人嘛，真受不了，整天都在玩遊戲。」

「喂，你是不是繞個圈子罵我是邊緣人啊？」

「哈哈，我也沒資格說別人啦。我們就是跟那些傢伙不一樣。」

其中一名朋友指著教室裡面。

一群光鮮亮麗的女生就聚集在門邊。

位於中心的當然是葉月。

「不過你就算不是社交咖，也和葉月同學的關係很好耶。」

「葉月只是不拘小節而已啦。」

湊苦笑著回答。

儘管葉月是湊的朋友，卻不能說他和葉月的那群朋友是朋友。

雖然夏天的時候和那些女生一起玩了幾次，但湊覺得和她們合不太來。

能與葉月合得來已經是個奇蹟了，所以湊沒有想過要與她的那些朋友好好相處。

「是嗎？但我感覺葉月同學好像沒有太多男性朋友耶。看那一群也都是女生。」

「她應該有男朋友吧？再怎麼說，葉月同學也不至於沒有男性緣才對。」

「就是說呀。我總覺得葉月同學會跟比她年長的男生交往。」

朋友們熱烈地討論起了葉月。

湊對這種情況早已見怪不怪，所以不太在乎。

關於葉月是否有男朋友的這個問題——儘管不能百分之百斷定，但他猜應該是沒有。

如果有的話，就不會幾乎每天都跑到湊的家了吧。

她是個外貌出眾的社交咖，交友又很廣泛，卻沒有與任何對象交往——這點確實讓人感到不可思議。

不過轉念一想，她可以很乾脆地讓湊看到那副羞人的模樣……

即使是已經決定不抱持過度期待的湊，也會差點產生誤解。

「那個……」

「…………」

雖然那個葉月應該不至於喜歡上湊，可是那種好說話的態度——

在家中與葉月相處的時間裡，湊總會不斷期待著開始下一場「遊戲」。

「那個、那個……」

「喂，阿湊，有人叫你喔。」

「咦？」

旁邊的朋友拍了拍他的肩膀。

當湊從手機抬起頭之際──

「那個……不好意思，湊同學……」

「咦？啊，嗯。」

湊的跟前站著一名女學生。

不對，與其說是跟前，應該說站得稍微有些距離，所以湊才沒有立刻注意到她。

那名女生有一頭黑色的長髮，皮膚白淨，身材纖細。

深藍色西裝外套的扣子扣得整整齊齊，領帶也打得很標準。

她的裙子下襬比膝蓋稍微高一點，相對於大多數女學生，那種裙長顯得較為穩重。

「瀨、瀨里奈同學……」

「你、你好，湊同學……」

她是與湊同班的瀨里奈瑠伽。

是個典型的清純美少女，私底下很受歡迎。

為什麼說是「私底下」呢？因為她給人一種不知道該說是良家千金，還是「神聖不可侵犯」的形象。

因此，即使是男生們，也會覺得拿她當話題討論有些過意不去。

「那個……湊同學，方便和你說幾句話嗎？」
「好、好啊，沒問題。」
雖然因為與葉月相處，湊已經稍微習慣和女孩子應對，然而和瀨里奈講話時依舊有些不自在。
或許是因為她那種即使與班上的同學對話，也會使用客氣敬語的高雅氣質吧。
「那個……在這裡不太方便……」
「這、這樣啊。」
湊對朋友們使了個眼色。
儘管他的朋友們似乎也對瀨里奈充滿興趣，但或許是因為那種神聖不可侵犯的氛圍，所以誰都沒有消遣這樣的情況。
總之，湊收起了手機，和瀨里奈一起走在走廊上。
兩人來到走廊盡頭，在一間空教室前停下腳步，面對面地看著彼此。
「不好意思，打擾你們聊天。」
「沒關係啦，只是閒聊而已。所以有什麼事嗎？」
「湊同學……你和葵同學是朋友對吧？」
「葵？啊，妳說葉月呀？」
因為湊平常都稱呼「葉月」，一時之間沒反應過來。

「被人直接問我們是不是朋友，總覺得有點難以回答就是了。沒錯，我們是朋友喔。瀨里奈同學……妳和葉月也是朋友嗎？」

說到這裡，湊想起了某件事。

葉月曾經提及瀨里奈的名字。

但是他不敢提到葉月說過「人家想看瀨里奈的內褲」那句恐怖的話。

「是的，我和葵同學就讀同一間國中。」

「喔，是這樣啊。」

湊第一次聽說這件事。

雖說高一時，班上經常是讀同一所國中的人聚在一起，但和葉月讀同一間國中的小團體看起來和瀨里奈沒什麼交集。

就算是讀同一所國中的人，也未必彼此都認識。

「雖然我們在教室裡不怎麼講話，不過放學後偶爾會一起玩。」

「喔……」

湊並沒有掌握到葉月的所有行動。

即使到了現在，他和葉月在放學後偶爾還是會各走各的。

儘管不知道葉月放學後會和誰一起玩——但對象是瀨里奈還真是讓人有點意外。

社交咖女王，又是辣妹型的葉月，與具備良家千金氣質的清純型瀨里奈。

外表和性格截然相反的她們竟然是朋友——

「……那個……有什麼問題嗎？」

「啊，沒有啦。」

似乎是因為湊的眼神充滿了疑惑，瀨里奈顯得有些困惑。

「該怎麼說呢……我只是覺得很意外，妳和葉月的性格差異那麼大，居然能成為朋友。」

湊不小心說出了真正的想法。

「呵呵，也許吧。不過我也對葵同學和湊同學感情好感到驚訝呢。」

「哈哈哈，那倒是。我也不能說別人啊。」

以「和葉月的性格差異很大」這句來說，湊也是和她差很多的。

「啊，不過我和她只是放學後偶爾一起喝飲料而已……」

「原來如此。」

葉月給人在星巴克喝咖啡的印象，瀨里奈則給人在和風咖啡廳喝抹茶的印象。

「葵同學最近經常提到你喔，她說你玩遊戲很厲害。」

「哈、哈哈哈，沒有到厲害的程度啦。我主要是玩電腦遊戲，很少碰家用主機遊戲就是了。」

湊一邊回答，內心卻有些疑惑。

瀨里奈聽得懂遊戲的話題嗎？

「啊，CPU的話應該要選Ryzen吧？考慮到性價比，Ryzen絕對是首選。但英特爾的效能同樣不落人後，考慮到軟體的相容性，也不失為一種選擇。不過最近顯卡缺貨的情況雖然有所改善，但價格還是太貴了。我正在想要不要升級到40系列，然而考慮到目前的情況，30系列也是──」

「……………」

「……啊，沒事。請忘掉我剛才說的話吧。」

「這、這樣啊。」

聽到她說出無法與那副清純外貌作聯想的話，湊整個人被嚇到了。

瀨里奈似乎對電腦零件的知識非常豐富。

「不是啦──我搞不懂葵同學之前說的話，一直感到很煩惱。可是和葵同學的其他朋友聊又太……」

「啊～我大概能理解。」

湊知道瀨里奈想要說什麼了。

葉月平時來往的朋友全都是社交咖型的人。

對於內向的瀨里奈來說，可能會很難和她們攀談吧。

但從學校的社會階級來看，成績優秀又是美少女的瀨里奈，具有與社交咖集團匹敵的地位。

「啊，我不是討厭葵同學的朋友！大家對我都很友善。只是……」

「感覺氣氛不太一樣吧。我在暑假時也被她們拉著到處玩，實在有點累。」

「**就是說呀**。」

「說什麼？」

湊不禁疑惑地歪了歪頭。

「咦？暑假我和葵同學出去玩的時候，大概有三次湊同學也在現場……」

「是、是嗎？」

湊已經完全忘記了。

不對，應該說和葉月的小團體一起出去玩的時候壓力太大，所以湊根本沒辦法好好看清楚那些人的長相。

「沒關係啦，反正我就是不起眼……」

「我不這麼認為啦。」

竟然沒注意到這麼漂亮的瀨里奈，自己當時到底多緊張啊？

雖然原因出在加入陌生的社交咖團體，但這也太丟臉了。

「所以……妳是有什麼連對葉月的朋友也說不出口的事？」

「那個……葵同學突然說了些奇怪的話……呃，該怎麼說呢……她、她想看我的……

內、內褲，或是想要脫、脫掉我穿的安全褲……」

「…………」

那個笨蛋對這麼清純的朋友提出什麼鬼要求啊——湊感到頭痛不已。

看來葉月真的想看瀨里奈的內褲。

甚至還想脫她的安全褲。

儘管想看朋友的內褲和脫安全褲這兩件事——湊都曾經對葉月要求過。

「雖然葵同學很快就笑著敷衍過去了，但那個眼神是認真的……葵同學的腦袋還好嗎……不對，她是不是腦袋有問題？」

「呃，還好啦……我下次會問問葉月。不過那或許並非字面上的意思，是社交咖們自己在玩的遊戲，只是我們不太能理解吧？」

自己到底在說些什麼啊？

湊實在很不會掩飾。

不過，瀨里奈看起來真的很擔心葉月腦袋的狀況。

然而湊無法就這樣斷言「葉月的腦袋確實有問題」。

「是、是嗎？應該是這樣吧。照理說女生之間不會做出想看或想脫掉其他女生的內——貼身衣物這種有趣的……不對，這種不要臉的事吧。」

看來瀨里奈也是怪怪的。

她有好幾次差點說出真心話——那種讓人覺得她腦袋有問題的真心話。

「那、那麼湊同學，我想拜託你……」

「拜託他什麼～？」

「咿！」

伴隨著瀨里奈發出奇怪的聲音，只見她的裙子突然被大力掀起。

露出如雪般白皙的大腿，以及大腿根部的黑色內褲——

「呀、呀啊！妳、妳做什麼啦！」

「哈哈哈，人家才想問你們在做什麼呢，阿湊、瑠伽？」

接著，裙子因為重力掉了下來。

不過湊已經清楚地看到瀨里奈裙子裡的景色。

「葵、葵同學……妳幹什麼啦！」

「有什麼關係？妳底下不是好好地穿著嗎？」

竄到瀨里奈背後的葉月笑嘻嘻地走到她身旁。

葉月對瀨里奈也表現出很親切的態度。

看來兩人真的是朋友沒錯。

說起來，葉月一直用「瑠伽」稱呼瀨里奈。

不過更重要的是——

「等等，瀨里奈同學……妳、妳沒有穿吧？」

「咦！瑠伽，妳沒穿內褲嗎！」

葉月驚訝地睜大了眼睛。

「瑠、瑠伽……就算妳的裙子長，不穿內褲也太糟糕了吧？是、是不是慾望沒地方發洩啊？妳從什麼時候開始玩那種遊戲的？」

「我才不是在偷偷享受什麼刺激感啦！」

犀利的吐槽。

「沒、沒穿……我有穿內褲啦！你說的沒穿……是指在內褲外面沒穿其他東西吧，湊同學？」

「是、是啊。」

湊意識到自己說錯話，一時慌了手腳。

看起來瀨里奈並沒有穿那種可以給人看的安全褲。

「雖、雖然我穿的看起來像是內、內褲，但其實不是那樣的。那個……」

「嗯？」

葉月將臉靠向支支吾吾的瀨里奈，想聽清楚她說什麼。

紅著臉的瀨里奈附在葉月耳邊竊竊私語。

「什麼？沒聽清楚——咦？運動短褲！瑠伽，妳穿了運動短褲嗎？」

「葵、葵同學！太、太大聲了！」

瀨里奈的臉變得更紅了。她偷偷瞄了湊一眼。

「啊～抱歉抱歉。人家只是有點嚇到了。」

「沒、沒關係……事、事情就是這樣，湊同學。」

「運動短褲……」

湊喃喃唸著這個詞，隨即恍然大悟。

儘管從未見過實物，但他在網路上曾經看過。

以前學校上體育課時女生都會穿的運動服。

一般是黑色或深藍色的，看起來像內褲，會讓人害羞地露出大腿的褲子。

很難相信以前的女生會穿著那種東西在學校裡走來走去。

「運動短褲……瑠伽，妳的興趣果然很奇怪啊。」

「那、那跟癖好才沒關係呢……」

瀨里奈紅著臉猛搖頭。

「安、安全褲或短褲我都穿不習慣……所以才去買了新的來穿。」

「市面上竟然還有在賣那種東西啊。」

葉月說得一點也沒錯。

湊也以為那是上個世紀的產物了。

「據說現在還有少數學校在使用喔。因為仍有在生產，找一找還是能買到新品。」
「也是啦，安全褲或短褲穿起來確實會有點不舒服。」
也難怪葉月回到家後總是馬上就脫掉安全褲。
「雖然穿起來很舒服……可是葵同學！這種東西不是給人看的！」
「運動短褲跟內褲差不多嘛。阿湊喜歡內褲，他應該很高興吧。」
「我、我可不是為了取悅男生而穿的！」
仍然紅著臉的瀨里奈又偷偷瞄了湊一眼。
看到她的運動短褲，讓湊感覺像做了件壞事。
雖然他偶爾會看到女生的安全褲，但運動短褲完全是另一回事。
「哎、哎呀……抱歉，瀨里奈同學，我不小心清楚看到了。」
「不是湊同學的錯……算了，不用再提了。反正我已經習慣葵同學的行為……」
「那麼要不要人家再掀一次？」
「不必了。」
瀨里奈瞪了葉月一眼。
在剛才的互動之中，大概只有湊得到好處吧。
不管是運動短褲還是什麼的，能夠看到美少女瀨里奈的裙下風光實在太幸運了。
「哈哈哈，不要生氣嘛。嗯～瑠伽真的很可愛呢。啾♡」

「葵、葵同學……！」
葉月摟著瀨里奈的肩膀，在她的臉頰上親了一下。
看著兩位類型不同的美少女彼此嬉鬧——真是一幅既溫馨又有點性感的畫面。
「那麼，你們兩個剛才在談什麼？」
「…………？」
突然間，葉月露出銳利的眼神瞪著湊。
雖然只有短短的一瞬間，湊卻感受到一絲殺氣。
難道她嫉妒了——
湊立刻否定了這個一閃而過的想法。
畢竟湊和葉月只是朋友，他們並沒有在交往。
「沒、沒有啦。我們只是聊到葵同學和湊同學最近關係似乎不錯。」
「對呀對呀，就只是那樣而已啦，葉月。」
總不能說瀨里奈懷疑葉月的腦袋有沒有問題吧。
「喔……那麼——」
葉月摟著瀨里奈的脖子。
同時又摟著湊的脖子，將他拉向自己。
葉月豐滿的胸部碰到了湊的手臂。

「人家今天就和你們一起玩吧。朋友的朋友就是朋友，所以人家想讓湊和瑠伽也打好關係！」

到達十二樓，離開電梯後，他們在走廊上走了一小段路。

「請進～今天家裡沒有人，不用客氣。」

「打、打擾了。」

「好～」

葉月打開門，瀨里奈和湊跟著進去。

真沒想到能和瀨里奈一起玩——湊直到現在依舊對如此出乎意料的發展感到困惑。

「這還是我第一次來葵同學的家。這間房子很不錯呢。」

「很普通吧？又不是那種高級摩天大樓，對吧？」

「不，這裡真的很棒啊。畢竟是最頂層嘛。」

聽到葉月這麼問，湊淡淡地回答。

姑且不論公寓內部的社會階級，人們會對住在最頂層的人另眼相看仍是事實。

這裡的價格應該比湊住的十樓高出不少。

「唔，算了，反正也不是人家買的。你們兩個去人家的房間吧，我家客廳太單調了。」

葉月咯咯笑著，打開了客廳的門。
白色的地毯、白色的沙發、黑色的桌子，以及一台大型液晶電視。
客廳的家具很普通。然而因為全都是黑白色調，給人一種簡潔的印象。
「我媽有點過度追求品味，不喜歡那種有生活氣息的凌亂房間。真是麻煩死了。」
「不會呀，我覺得這裡是間整潔的好屋子。」
「哈哈，瑠伽妳家不也很厲害嗎？聽說像是武士住宅那樣的房子。」
「只是一間古老的平房而已啦。現在確實比較少見。」
瀨里奈苦笑著說。
看來瀨里奈的家與她那種大和撫子般的外表相符，是幢和式住宅。
湊一直很想看看那樣的房子——
不過他應該不太可能造訪葉月以外的女孩家吧。
順帶一提，今天他是**裝作第一次來到葉月家**。
所以必須小心，千萬不能沒問過葉月廁所在哪裡就跑去上廁所。
另外，湊就住在兩層樓下的事也是個祕密。
他不認為瀨里奈會在學校裡到處宣傳，但為了避免誤會還是小心為妙。
在這一點上，湊和葉月都很有常識。
雖然說，不是情侶的一對男女每天都待在對方家裡，其實是很沒常識的事。

在葉月的帶領下，兩人來到她的房間。

「啊，小桃，你在這裡啊。」

一隻被兔子玩偶包圍的棕色蘇格蘭摺耳貓就坐在那裡。

即使聽到主人葉月呼喚，牠也不為所動。

儘管小桃看起來是醒著的，但牠似乎對葉月或其他客人都沒有太大的興趣。

由於埋在一堆娃娃之中，看不太到牠的樣子。

湊有點感動，這可能是他第一次這麼靠近小桃。

其實他一直懷疑小桃可能很討厭男生。

或許是因為今天有多了一個女生，小桃放鬆了警戒吧。

「雖然牠不太理人，卻也不會亂抓人，所以不用在意喔。啊，人家去拿飲料。呵呵呵，喝紅茶好嗎？」

「啊，不用麻煩了。」

「湊就喝咖哩吧？」

「咖哩是飲料嗎？」

「哈哈哈。那就稍等一下嘍～」

開玩笑地說完後，她離開了房間。

和瀨里奈在一個小房間裡獨處——讓湊感到有點不自在。

對方在班上基本上沒有和自己說過話，況且還是個超乎尋常的美少女。

湊沒有從容到可以冷靜地和她一對一相處。

「感覺葵同學今天心情不太好呢。」

「咦？那副模樣是心情不好嗎？」

「是啊。儘管不是很確定……但感覺就是那樣。」

「唔……」

從湊的角度來看，他覺得葉月的心情比平時還要好。

不過以交情來說，曾就讀同一間國中的瀨里奈遠比他久得多。

瀨里奈的感覺有可能比較正確——

「如果她心情不好，還會帶人到自己家裡嗎？」

「該不會是有事要找我們？」

「她只是想玩而已吧？應該沒有什麼特別的事情。」

「難道是我想太多了嗎……」

瀨里奈微微地歪著腦袋。

她可能並非故意做出那種動作，卻散發出充滿心機的可愛感。

除此之外，他們坐的桌子很小，所以湊和瀨里奈的距離非常近。

她的黑色頭髮飄著一股輕柔的酸甜香氣。

「不過話說回來，這個房間真可愛，很有葵同學的風格呢。」

「啊……確實比我想像的還要整齊。」

第一次來的時候，湊還以為會看到更加凌亂的房間，對此感到相當驚訝。

他也很意外房間裡有這麼多玩偶和可愛的飾品。

「對了，我很意外這是瀨里奈同學第一次來這裡耶。」

「我原本以為葵同學不太喜歡帶人回家玩。」

「咦？沒那種事吧……」

湊之所以很少來葉月家，是顧慮到對方家裡只有女性。

葉月卻表現出隨時歡迎的態度。

「即使是讀同一間國中的同學，我也很少聽到有人去過葵同學的家。」

「喔……她明明看起來就很開放啊。」

就很多意義上來說，葉月確實是個開放的人。

對湊尤其如此，甚至還會讓湊觀看她的裙下風光。

「啊，說起來……我國中時朋友不多，對葵同學也沒有那麼了解，所以不太清楚實際狀況就是了。」

「這也讓人很意外呢。」

因為葉月是那種非常引人注目的人，即使同年級的人不想知道她，應該也難免會認識她。

還是說，葉月在國中時期沒有那麼顯眼？

聽說她在國中時期就已經在社交咖小團體之中，因此照理說不太可能。

儘管湊很好奇，然而因為今天和瀨里奈幾乎是第一次見面，所以也不好再多問。

「對了，之前我聽葉月同學說過，有個讀同間高中的人和她住在同一棟公寓。」

「啊、啊啊……是喔？」

絕對是在說湊。

自從發現葉月住這裡之後，他便確認了一下這棟公寓裡還有沒有同校的學生居住。

畢竟要是被人發現湊和葉月經常待在對方的家會很麻煩。

調查的結果是，雖然有幾戶人家裡有高中生，但沒有任何人是和湊他們讀同一所高中的。

「是啊，大概是在今年春天……吧。我記得聽到她說有個搬到這棟公寓裡的人和她同校。」

「這，這樣啊，可能是配合入學搬來的吧。」

湊內心冷汗直流。不知道葉月當初講得有多具體？

祕密這種東西，往往會在意想不到的地方洩露出去。

交友範圍比湊還要廣泛的葉月，洩露情報的風險更大。

「……唔，奇怪？」

「怎麼了嗎，湊同學？」

「**今年春天**？妳是在春天的時候聽到那件事的？」

「對，記得是剛入學不久的時候。」

「…………」

是不是她弄錯了？

葉月大概是在七月之際拜託湊教她念書的。

而且湊和葉月應該是在暑假時，才知道他們住在同一棟公寓。

當然他不記得具體的日期，但至少絕對不可能是春天。

難道葉月**在第一次和我說話之前，就已經知道我住在這棟公寓了**——？

「來了～久等嘍！這是冰冰涼涼的可樂！」

「紅茶到哪去了？」

「沒、沒關係，我也喜歡喝可樂。」

儘管瀨里奈打了個圓場，不過葉月八成只是嫌泡紅茶麻煩吧。

「別抱怨啦，本小姐親自倒的可樂可是會讓男生們搶著要呢。」

「可樂這種東西，不管誰倒的都一樣吧？」

雖然嘴上這麼說，湊仍舊接過裝有可樂的玻璃杯。

葉月也給瀨里奈一杯可樂後，一屁股坐到湊的旁邊。

雖然她應該不是刻意的，不過湊這下子夾在兩位美少女中間。

即使已經習慣與對葉月相處，但多加一個人還是會讓湊緊張得不得了。

況且瀨里奈還是個非比尋常的美少女，這讓湊更是緊張。

至於葉月是什麼時候知道湊的事——這樣的矛盾現在已經不重要了。

「那我們要玩什麼？要不要來玩玩瑠伽？」

「妳想做什麼？」

瀨里奈驚訝地瞪大了眼睛，警戒地看著葉月。

「哈哈哈，開玩笑的啦！不過繼續剛剛的話題——穿運動短褲會不會太狂了？人家覺得要穿的話，不如就只穿內褲吧，畢竟內褲和運動短褲的裸露程度都差不多嘛。」

「不、不行啦，再怎麼說，那樣穿裙子實在太沒有防備……」

「但運動短褲通常會被誤會成黑色內褲唷？」

「我穿這樣長度的裙子，從來沒掀起來過喔。除非有人故意去掀……」

「喔，瑠伽妹妹，妳好像對人家有意見呢？」

「不、不是啦……對不起……」

被掀裙子的受害者反而道歉了。

「不過就算穿長裙，還是有可能被風吹起來。瑠伽，到時候別人可能會以為妳是擺出

『我很清純！』的模樣，底下卻穿著黑色內褲的好色女生喔？」

「我、我才沒有擺出什麼清純的模樣……好、好色女……是、是那樣嗎？」

「畢竟只憑一瞥，誰都分不出內褲與運動短褲的差別嘛。可能性很高喔？」

「咦……我、我沒有黑色的內褲耶……」

「哇，真的假的？這年頭穿黑色內褲很普通呢。既然如此，要不要人家送你一條還沒拆封的內褲呀？而且是很性感的那種喔？」

「性、性感……不、不用了，我沒有穿黑色的勇氣……」

「欸，妳們兩個，如果我不說話，妳們是打算一直聊這個話題嗎？」

「啊……！」

聽到湊小聲地嘟噥一句，瀨里奈吃驚地叫了一聲。

「葉月、瀨里奈同學，妳們忘了我的存在了吧？這不是應該在男生面前討論的話題啦。」

「那是男生聽到會很開心的話題吧？」

「是啊。我收回剛才的話，葉月完全記得我的存在。」

看來葉月只是想用黃色話題逗逗湊罷了。

「葉月，妳這個人真的是喔……瀨里奈同學和妳類型完全不同吧？」

瀨里奈不是那種可以公開討論內褲的女生。

只要看一下現在臉頰紅通通的她就很清楚了。

「順帶一提，人家不喜歡穿安全褲，所以剛才在換衣間就脫掉了。」

「報告那種事要做什麼……」

不過再怎麼說，今天都是葉月自己脫的。

湊也相當確定，葉月說她一回家就會脫掉安全褲是事實。

「……那個……穿運動短褲真的那麼奇怪嗎？」

「不不不，妳不必把葉月的話當真。儘管裸露的程度差不多，但還是蓋住了內褲，所以妳想怎麼穿就怎麼穿吧。」

「不過喔，阿湊，你剛才不是很激動嗎？不應該讓男生那麼激動吧？」

「還不是因為妳突然掀她的裙子！我當然會嚇到啊！」

「那麼，如果一開始只是很普通地看到，你會不會興奮？」

「……不會喔。」

「這傢伙在說謊！大家快看～這裡有個騙子～！」

「這裡哪來的大家！」

湊和葉月開始用手臂及肩膀推來推去，打鬧起來。

「不過，看來我還是別穿運動短褲好了……被當作好色的女生會讓人很困擾……」

「那就再給阿湊看一次如何？讓他來決定色不色。阿湊，你也想看吧？」

「為什麼啦！」

「你不想看嗎？」

「這個嘛……是想看啦。」

「湊、湊同學……？」

唰！維持著坐姿的瀨里奈微微退開湊身邊。

「啊，抱歉，我不是那個意思……葉月，妳不要淨是說些有的沒的啦！」

「居然把責任推卸給我……露一下不要緊吧，瑠伽？畢竟這傢伙說想看嘛。只是露個運動短褲而已，又沒關係，反正都看過一次了。」

「是、是這樣沒錯……但是這東西看了也沒什麼意思喔？」

只見瀨里奈突然站起身——

接著兩三下就掀起長長的裙子——露出白皙的大腿，以及看起來布料很厚的運動短褲。

這位看起來很清純的瀨里奈瑠伽，竟然如此乾脆地給人觀看自己的裙下風光。

「…………」

湊不禁吞了一大口口水。

雖然他對這種蠢得好笑的發展感到吃驚，不過清純美少女瀨里奈掀起裙子的色情模樣，奪去了更多他的注意力。

「怎、怎麼樣？會不會很色——不對，會不會很奇怪……？」

「瑠伽，轉過來一下。」
「啊，好的。」
瀨里奈面向葉月，背對著湊。
不對。由於她是站著，湊是坐著的，她那小巧的臀部就出現在湊的面前。
而且——
「嗚……」
湊又差點要吞口水了。
包裹著瀨里奈可愛臀部的運動短褲——稍微地偏了一點，露出底下的白色布料。
清純的瀨里奈瑠伽的內褲果然是白色的。
湊有所不知，這是穿運動短褲時很常見的「內褲跑出來」情境。
「話說呀～瑠伽，妳實在太色情了。運動短褲果然色到不行。」
「那種結論是怎麼回事？」
瀨里奈迅速放下裙子，坐了下來。
然而湊的腦海裡，已經清晰地留下了瀨里奈那條從運動短褲露出來的白色內褲畫面。
「不、不過……」
「嗯？」
「我有一點心跳加速……感、感覺很開心。運、運動短褲這種東西再怎麼給人看，也不會很色……很奇怪吧。」

「這、這我不確定……」

瀨里奈的衝擊性發言讓湊大吃一驚。

雖然他本來就很想看運動短褲，卻沒想到這位清純美少女竟然會自己表示想給人看。

「唔……就算穿著運動短褲的樣子不色情，很想給人看的瑠伽也很色吧？」

「我、我才不是很想給人看！只、只是有點興奮而已！」

「…………」

葉月不就是在說那種反應很色嗎？

儘管湊立刻這麼想，但現在不是吐槽的時候。

「人家也是第一次知道瑠伽有這種暴露狂的癖好……很好喔。」

「很好嗎？不對，這才不是什麼癖好啦！」

瀨里奈從剛才就一直猛吐槽。

湊之前還以為瀨里奈是個很文靜，不會大聲說話的女孩。

在短短幾個小時之中，他對瀨里奈的印象有了很大的轉變。

但那種印象的轉變絕非壞事。

從和葉月成為朋友開始，湊就感覺自己四周有了巨大的變化。

而今天看到瀨里奈的另一面之後，那種變化將會更加劇烈——他充滿了如此的預感。

4 女性朋友無法拒絕拜託

瀨里奈瑠伽是個貨真價實的千金大小姐，家裡似乎有門禁時間。
不對，家裡有門禁時間的女孩子並不稀奇，但六點就得回家算是比較早的。
「對不起，湊同學，讓你特地送我回家……」
「我完全沒問題喔，畢竟現在太陽也比較早下山。」
夏天結束了，季節逐漸進入深秋。
雖然天色還沒完全黑，不過女生這時走在路上仍需多加小心。
湊和瀨里奈兩人並肩走在路上。
他打算繼續隱瞞自己和葉月住在同一棟公寓的事。
湊只需要下兩層樓就可以回家，但他選擇特地走出公寓，送瀨里奈回家。
儘管他覺得瀨里奈完全可以信任，然而以防萬一，他還是決定這麼做。
「真的很抱歉……都是因為我突然跟湊同學說話，才有今天這些狀況。」
「沒關係啦，瀨里奈同學沒什麼好道歉的。」
雖然的確發生了很多事情，而且都是肇因於瀨里奈的行動沒錯。

然而對湊來說，與其接受道歉，他更想要感謝對方。

瀨里奈不但給自己看了裙下風光兩次，他甚至還看到她意外露出的白色內褲。

倘若讓她道歉，湊感覺自己會遭天譴。

「那個……葵同學說的事情，真的是誤會喔……？」

「我、我知道啦。」

湊再怎樣都不會認為瀨里奈有暴露狂傾向。

只要看到她那害羞臉紅的表情，就不會有那樣的誤會。

「但、但是……」

「嗯？」

「今天真的很開心……我很少和朋友一起玩。」

「咦？真的嗎？」

瀨里奈儘管文靜，卻不孤僻，也不是邊緣人。

湊感覺她在班上的社交咖與邊緣人之間都有很多朋友。

「我們班上的同學都是好人。但是像我這樣不起眼的人，在大家面前時總是有點膽小……」

「……」

這種擁有超越偶像美貌的清純型美少女，怎麼可能不起眼？

不過倒也沒必要特地提醒她。

「我也很開心。這還是我和瀨里奈同學第一次好好地聊天，真希望下次還能再聊啊。」

「當、當然沒問題。我也想請你下次繼續和我聊天。」

瀨里奈停下腳步，深深地低下頭。

讓這麼一個乖巧的少女對自己鞠躬，湊有種做壞事的感覺。

「呃，那個……瀨里奈同學的家是往這邊走嗎？」

「啊，是的，穿過那邊的公園會比較快到。但是因為天黑後人很少，我通常不會走那裡。」

瀨里奈指著一座有點大的公園。

那是綠樹成蔭的自然公園，一個女孩子家確實不方便在晚上時走那邊。

「反正現在天還沒完全黑，也有我跟著，我們就走那邊吧。」

「好的，我也很喜歡這個靜謐的公園。」

瀨里奈點頭答應，於是兩人走進公園。

據她所說，穿過公園後很快就能到達她家。

「這裡從葉月家走過來很近呢——不過這也是當然的，妳們讀同一所國中嘛。」

「是啊，即使不走捷徑也沒有多遠。」

也就是說，瀨里奈住得離湊家很近。

他和瀨里奈隨時都可以拜訪對方的家——

儘管湊應該已經認清自己的斤兩，他卻發現自己對與瀨里奈的關係抱有期待。

「那個……湊同學，我是不是……很怪呢？」

「啊？喔，妳還在意穿運動短褲的事啊？」

縱使再笨拙，湊也知道瀨里奈想說些什麼。

雖然比起穿運動短褲，他覺得給人看運動短褲更奇怪就是了。

「既然如此……從今天開始，我就從運動短褲畢業了！」

「妳、妳在說什麼啦？」

瀨里奈停下腳步，握緊拳頭。

還好公園裡人不多，沒有人聽見她的話。

「我好歹也是個女孩子……會想稍微注重自己的打扮。」

「是沒錯啦……但這跟運動短褲沒關係吧？平常也不會給別人看嘛。」

「但是裙子可能會被掀起來，得顧及發生那種意外才行。」

「這倒也是……」

瀨里奈的裙子長及膝蓋，比起穿迷你裙的葉月，走光的風險小得多了。

然而如果遇到強風，或是從下方偷窺的變態，即使穿長裙，仍有可能會被看到裙下風光。

「這個年代已經不流行穿運動短褲了……這句話說得沒錯。況且……要、要是被誤會成穿黑色內褲的好色女生，就更讓人傷腦筋了。」

「妳想太多了吧……？要穿什麼都是瀨里奈同學的自由喔。」

湊心想，瀨里奈該不會以為被自己和葉月取笑了吧。

他開始對得意忘形地要求看瀨里奈裙底風光的事感到抱歉。

「不，『從今天開始』這種話也太半吊子……我現在就不穿了！」

「咦？現、現在？」

「那個……湊、湊同學，你可以替我見證嗎……？」

「見證什麼……」

就在湊感到困惑之際，瀨里奈步出小路，走進樹林之中。

不得已，湊只好也跟了上去——

「不好意思，可以請你幫我把風嗎？」

「好、好的……」

該不會——湊想到這裡，只見瀨里奈將兩隻手伸入裙中。

然後一口氣將運動短褲往下拉。

「哇……啊！」

「喂，喂喂！」

由於用力過度，瀨里奈差點就要失去平衡。
雖然她勉強站穩腳步，運動短褲卻被拋飛了——湊立刻伸出一隻手抓住瀨里奈的手腕，同時也在空中接住了運動短褲。
運動短褲上的微溫，讓湊心跳加速。
「抱、抱歉。謝謝你，湊同學。」
「妳也是有很笨拙的地方呢。」
「…………」
臉頰漲得通紅的瀨里奈低下了頭。
在教室裡，瀨里奈瑠伽總是一副楚楚可憐又舉止優雅的模樣，沒想到可以看到她這樣的一面。
「說起來……這件運動短褲真的可以給我嗎？」
「我沒說要給你……」
「啊！」
湊意識到自己不小心說了蠢話。
他明明沒有對運動短褲產生慾望的癖好。
「不對，為了在這裡與它訣別……如果湊同學願意，就送給你吧。」
「這、這樣啊。」

瀨里奈瑠伽果然不是普通的女孩。

照理說，不會有女生把剛脫下的運動短褲送人——況且還是送給同班的男生吧。

今天確實是個運動短褲的戲分占比很重的日子，但誰會想到最後還有這樣的驚喜等著呢？

儘管湊未曾收過葉月的安全褲，卻沒預料到能有得到運動短褲的一天。

「啊不過先等一下！這、這樣真的好嗎？」

瀨里奈突然靠向湊，抓著那件運動短褲。

看似在檢查些什麼。

可能是在確認有沒有髒汙吧。

雖然湊能理解她為什麼想那麼做——

「……我說，瀨里奈同學。」

「啊……看起來沒問題呢。不介意的話歡迎帶走……呃，你怎麼了？」

「沒有啦。那個……抱歉。」

「什麼意思……啊！」

湊再度被瀨里奈發出的嬌聲嚇了一跳。

由於兩人靠得太近，湊的手隔著制服，碰到了瀨里奈的胸部。

他感覺到一種比視覺更加具體的柔軟觸感。

即使隔著制服與內衣，意外地仍能感受到那個存在。
「不、不好意思！讓你見笑了……」
「是、是我不好……今天真的是一團亂……」
湊和瀨里奈迅速拉開了距離。
從瀨里奈讓他看了她的裙下風光——運動短褲——到不小心露出的內褲。
她還送他剛脫下的運動短褲，最後甚至碰到她的胸部。
再怎麼說，瀨里奈的事件發生次數未免也太多了。
「跟、跟葵同學比起來……我，我的胸部很小喔！」
「這種時候不用跟葉月比吧。」
「不，我真的很羨慕葵同學的大胸部……湊同學看過嗎？」
「怎麼可能看過？」
嚇得心跳漏了一拍的湊旋即這麼回答。
由於看過葉月的內褲，讓他看胸部並非不可能——但那種事他沒辦法說出口。
「說、說的也是呢。不好意思，我說了那麼奇怪的話！今、今天送到這裡就行了。謝謝你！」
「啊，喂，瀨里奈同學！」
瀨里奈已經像一陣風似的跑掉了。

她的跑步姿勢非常標準，速度搞不好比湊還要快。

「……她的動作一點也不笨拙嘛。」

反正天色還沒有暗下來，況且以那樣的速度，大概誰都追不上吧。

就算不送她回家，應該也不會有問題才對……

「這是瀨里奈同學剛才穿的運動短褲呢……呃，我在胡思亂想些什麼啊！」

湊不自覺地盯著手中尚有熱度的運動短褲，隨即搖了搖頭。

既然瀨里奈決定與運動短褲道別，湊也得替她著想，把這件事忘了。

於是他仔細地將短褲收進口袋，走回來時路。

葉月還在公寓等他。

返家途中，湊拿出手機，發現葉月傳了ＬＩＮＥ來。

葉月：「今天來我家。」

——如此這般……

湊和葉月的父母今天都會很晚才回家。

所以葉月邀請湊一起吃晚餐。

「嗨～我回來了～」

「喔～阿湊，辛苦啦。到人家的房間去吧～」

湊用鑰匙打開葉月家大門直接進去後，便聽到裡頭傳來了聲音。

一陣美味的香氣撲鼻而來。

雖然有點早，不過似乎已經是晚餐時間了。

湊走進葉月的房間後，屋主也立刻進房。

「來了來了～晚餐做好嘍。痛哭流涕地感謝人家吧，這可是女高中生親手做的料理喔。」

「親手做的料理……？」

只見桌上擺著兩片什錦燒，還有炒麵。

「對呀對呀，這可是人家親手做的冷凍什錦燒和速食炒麵喔。」

「別毀掉『親手做的料理』的概念啦。」

看來葉月還不打算學做菜，湊不禁鬆了口氣。

今晚的菜單吃的是湊早已熟悉無比的品項。

儘管是冷凍食品，什錦燒卻相當厚實，料也很多。

上面滿滿的美乃滋和鰹魚片，濃郁醬汁的香氣也讓人食指大動。

速食炒麵則是分量一點五倍的大份版本，兩人吃搭配什錦燒正好。

「啊～肚子好餓～快吃吧快吃吧！」

「是啊，趁熱快吃吧。我開動了。」

什錦燒姑且有用菜刀分切過了。

即使對料理一竅不通，葉月還是花了點心思。

「這份炒麵是新口味喔。雖然很辣，但湊你應該可以接受。」

「嗯，我喜歡吃辣。最近有很多拿來炒話題的超辣口味，真是太好了。」

兩人一邊大快朵頤著什錦燒，一邊分享炒麵。

他們沒有分裝炒麵，是直接從杯裡一點一點夾出來吃的。

起初湊還有些不習慣把筷子伸進別人用過的杯子裡，但現在已經完全不在意了。

相反地，葉月打從一開始就沒在意過。

「嗚，不過這真的很辣。這種東西一般人吃得下去嗎？」

「哈哈，就是說啊。對人家來說可能有點過頭了。你看，人家都流眼淚了。」

「呵，葉月的舌頭還是跟小孩子一樣呢。」

「喔？你這傢伙，看人家把它全部吃光！」

「啊，喂，別拿那麼多啦！」

葉月從杯子裡夾走一大堆炒麵，稀里呼嚕地吃了起來。

雖然她也一樣能吃辣，但這次似乎超過了極限。只見她兩眼開始泛淚。

流著眼淚的葉月依舊如此可愛。

「嗚～好像太勉強了！嗚哇啊，好辣！」

「妳等一下喔。」

湊起身到廚房，從冰箱裡拿出一盒牛奶和新的玻璃杯，回到房間。

「拿去，把這個喝掉。」

「啊嗚～謝啦，阿湊。」

葉月咕嘟咕嘟地一口氣喝下湊倒給她的牛奶。

儘管桌上還有一杯烏龍茶，但要解辣還是喝牛奶比較好。

「好險啊……阿湊，你的嘴唇好像腫起來了耶？」

「啊……我沒事。但葉月妳就別再吃了。」

湊拿走杯裡剩下的炒麵，放在什錦燒上。

「呿，下次換成普通的炒麵吧……不過這種晚餐實在不能拿來招待瑠伽呢。那傢伙可是真正的大小姐啊。」

「這樣啊……不對，瀨里奈應該也會吃冷凍食品和泡麵吧？」

就算是大小姐，現代的高中生應該不可能完全沒吃過冷凍食品和速食食品才對。

「哎呀～招待別人吃飯時不適合端出冷凍食品嘛，即使是人家也明白這個道理。」

「我難道是看到了幻覺？妳不就端出了這種東西嗎？」

「阿湊不是客人啦～真是的。」

「……也對。」

湊感覺自己同樣已視葉月為半個同居人。

他完全不覺得需要特別招待她，即使應對得很隨興也無所謂。

「呼～我吃飽了。」

「我吃飽了。」

兩人都吃得很乾淨。葉月接著起身清理。

湊則完全不打算幫忙。

提供食物的人得進行後續的清潔工作——這點在不知不覺間已成了他們的規矩。

雖然絕大多數時都是在湊家吃飯，讓人感到有點不公平就是了。

洗完碗筷後，葉月回到房間。

「那麼，你有好好送瑠伽回家嗎？」

「有啊，我送她到公園那裡。」

「這麼說來，我記得她說住在那附近沒錯。怎麼，你沒去她家看看嗎？」

「我不好意思直接跑去一個女生家嘛。」

「人家難道是看到了幻覺？你現在明明就在我家耶？」

「是葉月說今天來妳家的吧？」
「哈哈哈。」
葉月拍著手大笑。
「不過說真的，今天真的滿好玩的。」
「是說妳怎麼會突然找瑠伽過來？」
「人家想說既然湊對人家的內褲這麼有興趣，應該也會看上瑠伽的運動短褲吧。」
「原來從一開始主題就是運動短褲啊？」
如果那是主題，湊已經盡情享受過了。
畢竟那件「實物」就在湊的口袋裡。
不過這件事再怎樣都不能對葉月說。往後找個地方把它藏好吧。
「一想到瑠伽穿運動短褲實在太有趣了，人家才會想親眼確認一下～」
雖然湊根本沒預料到瀨里奈會主動掀起裙子，但這似乎全在葉月的計畫之中。
「那件運動短褲太猛了……而且我還稍微看到內褲。」
「咦，真的假的？人家都沒注意到！」
葉月猛地靠了上來。
「咦，妳沒注意到啊？運動短褲的邊緣露出白色的布料……哎呀，真的只有露一點點喔？」

「喔～喔～你這傢伙看了人家的內褲不滿足，還看了瑠伽的內褲呀。」

「那是意外……妳千萬別告訴瀨里奈同學喔！」

「人家才不會特地去告訴她呢。雖然即使被知道，瑠伽應該也不太會介意就是了。」

「會在意吧？葉月，妳到底是把瀨里奈同學當成什麼樣的人啊？」

瀨里奈瑠伽既清純又很有女孩子味，應該最在意這種事才對。

「瑠伽雖然清純又好色，卻沒什麼胸部呢。」

「妳、妳突然說什麼啦！」

湊心中一驚。

他還以為自己剛才在公園碰到瀨里奈胸部的事被發現了。

「還不是因為你對運動短褲那麼著迷？竟然忽略人家的胸部，膽子不小嘛。」

「妳不是也跟我一起看了嗎！」

湊感到有些委屈，自己竟然被當成單獨犯了。

「所以妳是指比胸部的話，自己會贏嗎？」

「對對，瑠伽的胸部和人家比起來差多嘍。」

「不過相比外觀，她意外地很有分量……」

「相比外觀？」

「啊，沒有啦。我是說她穿著制服時，我完全看不出來！」

湊實在說不出口，自己已經親手碰過了。

除了拿到運動短褲的事之外，他隱瞞朋友的事又多了一件。

「你如果想知道具體的尺寸，直接問她她應該會告訴你喔。畢竟瑠伽現在也是阿湊的朋友了。」

「她算是……朋友嗎？」

光是和葉月成為朋友，對像湊這樣的普通男生來說就已經是過分的福氣了。

不僅如此，竟然還加上那位瀨里奈瑠伽……

「既然你們已經成為朋友，下次就別偷看露出運動短褲的內褲，直接堂堂正正地請她讓你看吧？」

「那我們的友情肯定馬上就結束了！」

葉月突然開始胡說八道。

「難道得再多培養一下友情才行嗎？」

「怎麼可以為了那種目的培養友情？」

「不過嘛，總之還是遠遠追不上我和湊之間的友情呢。」

「……不是追不追得上的問題吧。」

湊坐回葉月的床上，嘆了口氣。

「我覺得瀨里奈同學挺有趣的，希望能與她打好關係。」

「咦！」

葉月的大眼睛瞪得更大了。

「幹、幹什麼啦？有什麼好驚訝的？」

「喔……你想和瑠伽有超過必要的良好關係呀……男生就是喜歡那種女生呢。」

「妳、妳的眼神有點恐怖喔，葉月。」

「沒有啊～下次人家再邀請瑠伽過來。到時候就別管什麼運動短褲了，我們來比誰的胸部大如何？」

「妳這不就是想確定自己一定會贏嗎！」

應該說，怎麼突然就開始一場女人間的戰爭了？湊實在無法理解。

他不禁偷偷地瞥了葉月的胸前一眼。

那對碩大的隆起，在粉色的開襟毛衣底下強烈地主張著自己的存在。

或許是因為剛才碰到了瀨里奈的胸部吧。

湊心中湧出對胸部的慾望，怎樣也平息不下來……

「……喂喂，阿湊，可以不要一直盯著人家的胸部嗎？」

「抱、抱歉……」

「你應該知道吧？看之前要說什麼？」

葉月露出了別有用意的笑容。

也就是說，要他提出「要求」——
「阿湊同學？想看的話……你該對葉月同學說什麼呢？」
葉月笑嘻嘻的臉上也浮現了紅暈。
該不會——這麼想的湊，已經無法壓抑自己的慾望了。
對朋友無須客氣。
湊與葉月兩人之間，只要有人提出要求，就能超越一般朋友的界線。
既然如此——

「葉月……拜託妳，讓我看一下妳的胸部吧！不穿胸罩的！」

「唔咦咦！這要求比人家想的還要直接耶！」
葉月的笑容瞬間消失，整張臉紅到了耳根。
「妳想想看，畢竟胸罩那種東西……夏天時隔著衣服不就能看到嗎？」
「人家覺得那根本不能當做想看到沒穿胸罩的胸部的理由喔？」
「那已經能當成我想看的理由了！」
「一點說服力也沒有～！」
「用力拜託妳！」

湊的腦袋徹底變得不對勁了。

葉月那近在眼前的一對隆起。

最近這幾個月，在湊的房間裡，在葉月的房間裡，他已經偷看了不知道多少次。

葉月大概也注意到他的視線了吧。

湊對葉月的胸部到底抱持了多大興趣啊？

「拜託了，葉月！其實我一直……很想看妳的胸部！」

「你這男人說了句很誇張的話呢……」

「…………」

「竟然盯得那麼用力。也、也太拚命了吧……」

葉月傻眼地搖了搖頭，隨即解開開襟毛衣的鈕扣，取下領帶，接著解開襯衫的扣子。

「只、只能看一下子而已喔？就算是人家，還是會覺得這比給看內褲更讓人害羞。」

「好、好的。」

就算是自己提出的請求，湊也不免大感意外。

沒想到葉月竟然這麼乾脆地點頭了。

「嗚～人家到底在做什麼啦……」

雖然葉月嘴上喃喃抱怨，解開扣子的手卻沒有停下來。

敞開襯衫後，黑色蕾絲胸罩隨即露出。

深邃的乳溝，成熟的內衣……光是這樣就很色情了。
「人、人家不會脫掉胸罩喔……？可以吧……？」
「咦咦？只能看到胸罩嗎？」
「……別露出那麼絕望的表情啦……啊，真是的……真的只有一下子喔？只能看一點點喔！」
葉月有些自暴自棄地喊了一聲，隨即捏著黑色胸罩一邊的罩杯，往下一拉。
雖然讓人擔心她會不會拉壞胸罩——但是湊在下一刻就不再在意那種事了。
「喔……」
粉紅色的乳頭從拉開的胸罩底下探了出來。
相較於胸部的壓倒性體積，乳暈的尺寸顯得相當小巧可愛。
凸起的部分水嫩有光澤，看起來似乎挺了起來。
「嗚哇……好棒……」
「等、等一下……別那樣看……啊，喂，臉別靠那麼近啦！」
湊情不自禁地把臉靠到彷彿可以將氣息呼到胸部上的距離。
而葉月雖然嘴上斥責，身體卻也沒有往後縮。
「……一下子已經過了吧？」
「……再、再看一下就好……」

「是、是可以啦……那這邊要不要看？」

「可、可以嗎？我是想看啦，想把兩邊的乳頭放在一起看！」

「別講什麼乳頭啦。反正都已經看了一邊，是沒什麼關係……」

葉月拉開另一邊的胸罩，碩大的隆起隨即完全跳了出來。

儘管胸罩仍掛在下半部的乳房，但這副模樣顯得更加煽情。

「怎、怎樣？人家可是很自豪喔。又大又漂亮……乳頭的顏色也很漂亮吧？」

「跟色情影片上的完全不一樣……」

「別拿色情影片來比啦！你這男人真的是喔……不過反正都已經給你看這麼多了，就隨便你看吧。」

「真的假的！」

湊不禁大喊一聲，讓葉月嚇了一跳。

然後她撇過頭去，將目光從湊的身上移開。

「為、為什麼妳要做到這種程度……？雖然是我開口的啦。」

「真的都是湊開口的關係呢……畢、畢竟……」

「嗯？」

葉月主動挺起胸部，讓湊看個仔細。

「這、這種『遊戲』從開始到現在，也過了一段時間了嘛。」

「嗯？是啊，說的也是。」
湊一邊回答，眼睛卻沒從葉月的胸部上離開。
在葉月露出胸部的這段時間裡，他一刻也沒有將視線從這對碩大的胸部與漂亮的乳頭上移開過。
「你沒對任何人……沒對那些男生朋友說過和人家發生的事吧？」
「啥？那是當然的吧？」
像湊這麼平凡的男生，光是與社交咖女王成為朋友就已經會讓周圍的人感到奇怪了。
不僅如此，葉月還讓自己看內褲，或是在他面前脫安全褲——這種話說出去也不會有人相信。
更重要的是——
「其、其實……人家有點害怕。」
「害、害怕什麼？」
「人家害怕班上那些笨男生會不會說『妳都讓阿湊看了，乾脆也讓我們看吧』那樣的話來逼迫人家。」
「啥？」
「呀♡」
湊不禁探出身體，臉差點要貼到葉月的胸部上。

「別、別靠那麼近啦……明、明明沒有碰到，胸部卻有種癢癢的感覺……」

「抱、抱歉……不過那種事根本不可能對別人講吧？」

「這、這樣啊……人家還以為男生都是笨蛋，所以聊色色的話題是很普通的事。」

「一般的色色話題是會聊啦。但是我和葉月之間的事……不是**朋友之間的小祕密**嗎？」

「嗯、嗯……是啊。」

葉月害羞地說著，微微一笑。

「抱歉懷疑你。也是呢，阿湊不可能做那種事。阿湊不可能擅自把人家害羞的事對別人說嘛。」

「那是當然的吧。」

雖然他並未做過得把和葉月之間的遊戲當成祕密的約定，但那種事連約定都不需要。

更重要的是，他不可能把專屬於兩人的寶貴時間裡發生的事擅自說出去。

「雖然人家有很多朋友，不過能不能信任果然還是很重要的。阿湊……是人家最信任的朋友喔。」

「…………」

被誇到這種程度，讓湊不免有些害羞。

但受到葉月的信任，更讓他感到開心。

「只、只要別摸太久，你可以稍微摸一下喔……就、就當成人家懷疑你的賠罪。」

「…………！」

葉月反弓起身體，挺出胸部，展示出她自傲的乳房。

湊點點頭，直直地盯著一對碩大的隆起，以及粉紅色的乳頭——

「其、其實剛才……我送瀨里奈回家時，稍微碰到了一下她的胸部。」

「啥？」

湊最後還是坦白了。

他覺得如果在隱瞞這件事的情況下接受葉月的善意，似乎有些不誠實。

「沒、沒有啦，那只是個意外！不是瀨里奈同學給我摸的！」

「要是瑠伽做了那種事，連我都會被嚇到啦。算了，既然是意外……那就原諒你吧。」

湊本以為葉月不會原諒他，但是她似乎不在意。

「你、你摸得很徹底嗎？還是用揉的？就像這樣揉來揉去……」

「別、別做出那麼詭異的手勢啦。只是碰到一下而已。」

「喔……那麼人家是你認真摸的第一個人吧？」

「那是當然了。」

湊的條件可沒有好到不缺女孩子的胸部摸。

「所以多讓我看看葉月的胸部吧！讓我摸一摸！」

「……聲音好大！話說阿湊你也太猴急了！真是的～被那麼認真拜託，不就拒絕不了了嗎！本來人家還覺得太早了耶！」

「那、那麼事不宜遲……」

「嗚哇……要、要溫柔點喔？」

「我、我知道啦……」

湊再次想起瀨里奈胸部的觸感——

然後立刻把那種感覺忘掉。

葉月現在都已經給他摸胸部了，要是還想著其他女生的胸部，未免太不夠意思。

「葉、葉月……」

「嗯……」

湊的手伸向葉月的碩大隆起——用捧的方式握住它。

令人意外的重量與超乎想像的柔軟，就這麼傳到了手上。

「啊♡」

接著，葉月的口中發出了太過可愛的聲音。

沒想到不僅能初次直接摸到女孩子的胸部，還能聽到這樣的聲音。

軟嫩的觸感，沉甸甸的重量，以及足以令人感動的可愛聲音。

第一次直接摸到的胸部是葉月葵的，真是太好了——

湊內心大為感激，同時揉著葉月胸部的雙手也沒有停下來的跡象。

5 女性朋友的拜託是拒絕不了的

Onna Tomodachi ha Tanomeba Igai to Yarasete kureru

「阿湊，總覺得你最近很在意手啊？」

「……你眼睛很尖耶。」

放學後的教室——

湊正和朋友們閒聊著。

他們是既不特別顯眼，也不會特別不起眼的男生，是一群可以輕鬆相處的人。

「怎麼了，難道你跟迷上的偶像握手了嗎？」

「不是啦。沒什麼。」

湊笑著揮了揮手。

當然，並不是沒發生什麼事。

雖說是意外，但他摸到了瀨里奈的胸部——

以及盡情搓揉了葉月的胸部。那都是三天前的事了。

即便如此，他感覺手上仍然殘留著葉月胸部的柔嫩觸感與沉甸甸的重量。

沒想到不僅第一次看到了女孩子裸露的胸部，還能用這隻手搓揉——

直接觸摸光滑水嫩的胸部，用捧起來讓它變形的方式搓揉，兩手一邊畫圓，一邊細細品味那種柔軟與重量。

湊作夢也想不到可以摸到那麼棒的胸部。

若有人要他在和可愛的人氣偶像握手，與葉月的胸部之間選一個……

湊無疑會選擇葉月的胸部吧。

「啊，阿湊，還好你還在。」

「咦？」

有個人抓住了湊情不自禁端詳起的手。

他往旁邊看去，只見葉月就站在那邊。

奶茶色的柔順秀髮，胸口處高高鼓起的粉紅色開襟毛衣，露出大腿的迷你裙。

葉月今天也好可愛，超級性感。

「葉、葉月？怎麼了，有什麼事嗎？」

「今天你有沒有空——應該說怎麼看都有空吧。」

「差、差不多啦。我沒什麼事……」

看到自己正想著的胸部主人突然現身，湊難掩心中的動搖。

「你幹嘛嚇到啦？啊，各位，我可以借走這個男生嗎？」

葉月嫣然一笑，快活地問著湊的朋友。

「別、別客氣別客氣。不嫌棄這傢伙的話盡量借沒關係。」

「謝謝。」

葉月帶著笑臉道了聲謝，讓湊的朋友們紅著臉連連點頭。

被全校第一的美少女搭話，似乎讓他們開心得不得了。

當然，湊很能體會朋友們的想法。

光是和如此高水準的美少女交談，搞不好就足以成為高中時代最美的回憶。

原本湊和朋友一樣，身處於與女生——特別是社交咖女生——無緣接觸的位置。

這些朋友應該作夢也想不到，和自己同等級的湊竟然能看到社交咖美少女葉月的內褲，還能直接碰到她的胸部吧。

儘管湊不是沒有湧現優越感，不過他並不打算向朋友們炫耀。

因為——和葉月偷偷做的那些事，是朋友之間的祕密。

正因為他保守了祕密，葉月才會信任湊，讓他想做什麼就做什麼。

「所以說要去哪？」

穿過走廊後，湊一邊下樓梯一邊詢問。

「咦？人家也不知道耶？」

「妳不知道誰知道啊！」

「啊，人家沒說過嗎？今天的主角是瑠伽喔。」

「咦，瀨里奈同學？」

湊和瀨里奈原本只是點頭之交。

而瀨里奈之所以會和不怎麼熟絡的男生打招呼，也只是出於禮貌罷了。

不過這三天裡，對方不僅會向自己打招呼，還會稍微寒暄幾句。

然而雙方都刻意不談運動短褲與碰到胸部的事。

「是瀨里奈同學找的喔？那來的怎麼會是葉月？」

「因為她之前打擾了阿湊和男生聊天，覺得打擾太多次會不好意思。」

「還真客氣呢……」

由於湊和朋友絲毫沒有聊什麼不宜被打擾的話題，這反倒讓他很不好意思。

「瑠伽說有個地方想去，但只有女孩子會不太方便。」

「什麼地方？牛肉蓋飯店嗎？」

「如果是牛肉蓋飯店，人家帶她去就可以啦。」

「說的也是呢。」

無論是牛肉蓋飯店還是拉麵店，這位女性朋友似乎都敢自己去。

雖然說湊也經常被命令作陪就是了。

兩人步出校門後走了一小段路，便看到瀨里奈等在人行道上。

「啊，湊同學，不好意思找你來。葵同學，謝謝妳。」

「不用謝啦，瑠伽。等在這種地方太顯眼了吧。」
「啊，我身上有什麼奇怪的地方嗎？感覺一直被人盯著看……」
這麼突出的美少女獨自待在路邊，當然會讓人想多看一眼。對男生而言更是如此。
湊心中這麼想著，嘴上卻沒有說出來。
那種無自覺無防備的個性很棒，就別矯正她了吧。
三人隨即邁開步伐，到車站搭了十分鐘左右的電車——
「咦？就是這裡？」
「是、是的。這裡自己一個人不太好進去……」
「唔，或許是吧……不過還真讓人意外。」
從車站走三分鐘之後，湊等人便來到了一間電腦用品專賣店。
裡頭雖然也有販售套裝電腦或平板，不過主要賣的還是電腦零件。
對CPU、主機板、記憶體、硬碟、顯示卡之類的東西沒興趣的人來說，來到這間店會看得一頭霧水。
「這麼一說，妳之前有提到電腦的話題，原來是認真的啊。」
「是、是啊。如果買套裝電腦，實在沒辦法找到自己想要的規格，所以我想一邊看實際的零件一邊選。」
「但我也不是很熟那些東西，可以嗎？」

湊用的是大型套裝電腦商製造的電競筆電。

雖然他也想挑戰自己選零件，也就是所謂的自組電腦，不過玩遊戲用的桌上型電腦體積會滿大的。

由於他的房間很小，沒地方可以放，現在不得不用筆電。

「沒問題，必要的東西我已經記下來了。」

「這樣啊，那就進去吧……葉月，別愣在那邊啦。」

「喔、喔喔……這有點太過超出想像了，就算是人家也嚇了一跳。原來還有這樣的店啊。」

如果是對這些沒有興趣的人，恐怕即使經過店門口也不會留下記憶吧。

「去吧，阿湊。如果你不先進去，瑠伽也進不去吧。ＧＯＧＯ～」

「好好好。要不要牽手啊？」

「啊，好。謝謝。」

瀨里奈一臉理所當然地牽起了湊的手。

當然湊剛才只是說笑的。不過瀨里奈就算被牽著走進去，似乎也不會在意。

湊也不能甩掉她的手，只好牽著她走進店裡。

這樣該不會看起來就像一對最不適合出現在電腦用品專賣店的「情侶」吧？

湊不禁冷汗直流。

他身邊的女生是如花似玉的美少女，況且另外還有一位同等級的美少女。
這個團體看上去簡直莫名其妙。
不對——湊轉念一想。
三個朋友一起出去玩——這不是什麼稀奇的事。
不過是女生的比例高了一點，沒什麼奇怪的地方。應該吧。
「哇啊，這裡有賣好多零件喔！是一座寶山呢！」
「……瀨里奈同學的形象和在學校差好多。」
「人家也是第一次看到這麼有活力的瑠伽。」
站在擺滿電腦零件的貨架前，兩眼閃閃發亮的黑髮清純美少女。
湊和葉月則在她背後悄悄地交談。
「那個……湊同學也是用電腦玩遊戲的吧？如果你要玩FPS會怎麼選零件？」
「呃，啊……玩遊戲的話先選顯卡吧。喔，這間店進了很多貨呢，雖然價格都很貴就是了。」
「不過幾乎是原價喔。從廉價版到高階版都有，真是幸運呢。」
「便宜的就要幾萬，貴的甚至到二十萬……這樣的價格並不是說買就能買的呢。儘管30系列應該是最好的，但果然很大一塊耶，要占用三個插槽吧？」
湊平常用的筆記型電腦很難更換零件，所以他不太常到這些電腦零件專賣店。

不過他一直很嚮往桌上型電腦，做過不少研究，因此多少還是有一些知識。顯卡是「電腦顯示卡」的簡稱，簡單來說就是用來輸出影像到螢幕的零件。這是在玩遊戲時非常重要的零件，其性能甚至能改變遊戲的勝負。

「的確很大。40系列的重量簡直就像武器了。」

「如果不是全塔式機殼會裝不進去呢。」

「不過這種大小很不錯，帶著一種浪漫呢。簡易水冷散熱系統也很不錯。雖然CPU裝水冷系統很常見，但我認為顯卡也可以裝簡易水冷系統。」

「可是喔，不是有人說那只是占一大堆內部空間，實際上和空冷沒差多少嗎？」

「如果是真正的水冷系統，從外觀上看起來很浪漫就是了。比方說用開放式機殼，上面放管子裝漂亮的粉紅色冷卻液，看起來就會讓人興致高昂。」

「要追求外觀的浪漫還是實用性，真是兩難呢。不過電競電腦的外觀也很重要，像是有七彩燈光的風扇之類的──唔，喂，葉月，妳的表情很誇張耶。」

只見葉月的眼睛像漫畫中的角色一樣轉個不停，露出糟蹋了那張可愛臉蛋的呆滯表情。

「啊，嗯。人家只是覺得湊和瑠伽好像在用外星語交談。」

「我們說的是日語啊。不過，對喔……」

「對葵同學來說，這些應該很無聊吧……？」

湊和瀨里奈對看了一眼，顯得有些沮喪。

兩人完全沉浸在自己的世界中，忽略了身邊的朋友。

「啊，不用在意啦！人家只是看到瑠伽奇怪的——不對，是看到瑠伽新的一面，有些感慨而已。」

「啊……真沒想到會被這麼稱讚。」

瀨里奈似乎沒有注意到，葉月不但不是在在稱讚她，還不小心損了她一句。

只不過，葉月的確在這家店得不到什麼樂趣。

雖然湊想多看看瀨里奈令人意外的一面，卻也怕葉月因此不開心。

最好還是趁著瀨里奈開心的時候趁早離開。

「哇哈……心願終於實現，真是太滿足了♡」

瀨里奈抱著電腦店的紙袋，臉上露出燦爛的笑容。

她買了一張顯示卡。

價格相當於可以買一台便宜的筆記型電腦，但瀨里奈似乎不太在意。

看來她住在一間大房子的事不假，家境似乎相當好。

「欸欸，阿湊，原來電腦這麼花錢呀？單一個零件竟然就那麼貴。這種價格可以買十條人家一直在考慮要不要買的那條很貴的裙子耶。」

「其實相同的零件也有更便宜的，不過便宜貨的性能當然也就不高。有能力的話，買貴的會更划算。」

「喔……」

葉月似乎不太有興趣，純粹只是對價格感到驚訝。

購物結束後——

三人又來到了葉月家。

他們本來考慮去家庭餐廳、咖啡廳、KTV等地方。但葉月提議不如舒舒服服地待在家裡。

逛那種陌生的店，顯然讓葉月有些累了。

湊和瀨里奈都沒有異議。

三人於是在葉月的房間裡坐了下來。

「哎呀，忘記泡茶了。呵呵呵，不好意思唷。」

「就說了，葉月，妳那種口吻是怎樣啦？」

「葵、葵同學，今天由我來泡茶吧。我剛買了紅茶。」

「我本來還在想妳剛剛買了什麼呢，原來是這樣呀。人家從來沒有用茶葉泡過紅茶呢。」

「如果可以，我想用煮開的水而不是熱水瓶的水來泡。」

「家裡好像有個燒水壺……人家去找一下。」
「我也來找。」
於是兩位女生都離開了葉月的房間。
貓咪小桃今天一如往常地像是被埋在一堆布偶之中，不過牠依然對人類不感興趣。
靠過去摸摸牠吧——正當湊這麼想時……
「喂喂，那樣偷偷摸摸地靠近，小桃會更討厭你喔。」
「……嘖。」
葉月跑回來告誡了湊一句。
「哎呀～這大概是葉月家有史以來第一次用茶葉來泡紅茶呢。」
「太誇張了吧。瀨里奈同學呢？」
「她在燒水。人家只喝過茶包泡的紅茶和瓶裝紅茶，好期待喔～」
葉月一屁股坐在湊旁邊。
「瑠伽做什麼都好認真耶～」
「今天她在選電腦零件時也很認真。如果我們不在，我猜她可能會猶豫到店家打烊。」
「哈哈哈，感覺真的會那樣。不過人家真的不懂那家店～瑠伽是不是那種會嘩啦嘩啦敲鍵盤的駭客？」
「妳的想像力太豐富了吧？不過她對顯卡真的很講究。」

「那個叫顯卡？的東西，買貴的有什麼優點嗎？」

「遊戲可以跑得更順暢。還有如果要修照片或剪輯影片，也會更輕鬆。」

「順暢？人家不太懂。不過能剪輯影片倒是很不錯呢。人家也錄了很多影片，但有些太長或是拍到多餘畫面的會想要編輯一下。對耶，可以請阿湊來做嗎？」

「葉月的影片數量應該很驚人吧……」

雖然湊會做些簡單的剪輯，卻也不知道葉月這種社交咖在手機上究竟存了多少影片。

「不過真的很難想像瀨里奈會傳影片到社群網站或影片網站上。」

「會嗎？瑠伽畢竟是女高中生，有在用社群網站也不奇怪吧？而且她這麼聰明，人家覺得她搞不好有機會瞬間爆紅。」

「再怎麼聰明，這年頭想要瞬間爆紅也不容易——啊，這麼一說……」

「怎麼了？」

「瀨里奈同學不是很聰明嗎？」

「她的成績排在前段呢。」

「對吧。」

既然同班，他們就可以在一定程度上猜測對方的聰明程度。

湊也有好幾次看到瑠伽在課堂上被提問時，毫不猶豫地給出正確答案的景況。

瀨里奈瑠伽絕對是比湊這個充其量屬於中上程度的學生要聰明得多的優等生。

「放暑假前的那次補考，妳找瀨里奈教的話不是比較好嗎？」
聽到湊這麼一說，葉月露出了苦笑。
「瑠伽完全不適合教別人。即使答案是錯的，她也會採取『這個方向是對的』或是『字寫得很漂亮所以給妳加一分』之類的寬容態度。」
「……感覺得出來。」
很難想像出瀨里奈嚴格斥責葉月的畫面。
「說起來呀～如果當時人家沒請你教功課……」
「嗯？」
葉月半瞇著眼睛，猛盯著湊瞧。
「沒什麼！」
「妳怎麼生氣了啊？」
「就說沒什麼。不過瑠伽太聰明了，被你這樣的人教才適合人家。」
「這樣啊～真不好意思，我的成績就只有剛剛好的程度。」
事實上，葉月說的或許沒錯。
她確實不太擅長念書，問一個與自己程度差距太大的人可能會感到不好意思。
「怎麼了阿湊，你生悶氣啦？真是的，只是開個玩笑啦。對了，如果從燒水開始，瑠伽應該還會花一些時間……」

「……咦？喂、喂，你打算現在在這裡……？」

大概是因為走一整天太熱了，只見葉月脫下粉紅色的開襟毛衣。

又解開幾顆白色襯衫上的鈕扣，稍微露出了乳溝。

「還說什麼『在這種時候？』啊？阿湊你明明就一直盯著人家的胸部，一臉很想要的樣子耶。」

「我、我哪有擺出很想要的樣……有。」

「對嘛。老實承認是好事。」

葉月猛地靠向湊。

她騎到盤腿坐著的他大腿上。

「順帶一提，如果你老老實實地拜託人家……也不是不行喔？」

「可、可是現在……瀨里奈同學或許會因為什麼原因跑回來啊。」

「你這傢伙嘴上那麼說，手卻已經伸進胸口了耶。」

沒錯，湊早已把手探入葉月胸前敞開的襯衫裡。

不僅如此，他還隔著胸罩對葉月的胸部揉來揉去。

雖然不及之前直接觸碰的感覺，但那股柔軟與重量仍然完整地傳到了他的手上。

「……一下下就好，拜託讓我揉一下。」

「啊，真是的♡你剛才不是還說『瀨里奈同學可能跑會回來』嗎？」

「所以……才更讓人興奮啊……？」
「說的好。我們該不會……很變態呀？」
看來葉月也因為瀨里奈就在附近，不知何時會回來的情境而興奮起來了。
雖然她沒有喜歡被人看的興趣，刺激感仍然提升了慾望。
「可、可是……真的只能揉一下下喔？呀！喂，別突然那麼激動……」
「哎呀，可能是因為和兩個女生去買東西，讓我有點興奮了。」
「那、那種事會讓人興奮嗎？根本就是變態嘛。呀，討厭……喂，胸罩會壞掉啦……嗯……這、這樣可以嗎？」
「嗚喔……」
「囉嗦。阿湊你之前不是揉得很用力嗎？」
葉月將襯衫敞得更開，再「啪」的一聲解開胸罩的勾子。
「喂，妳今天的服務未免太好了吧？竟然還自己拿掉胸罩。」
「有、有嗎？我以為我很溫柔……很客氣了耶。」
「你揉得像是要扯掉人家的胸部呢，別竄改記憶。」
「…………」
湊並非想裝傻，不過葉月說的應該沒錯。
他可能只是以為自己很客氣，實際上的動作卻相當猴急。

「要是你像上次一樣激動弄壞胸罩，那就傷腦筋了……嗯，胸罩可是很貴的。」

葉月一邊瞪著湊，一邊拿下胸罩放在床上。

而她的胸部也隨著拿下胸罩的動作彈了出來——就連粉紅色的乳頭也暴露在外。

「喂，你要揉可以……但、但是不可以看。即、即使不看也可以揉吧？」

「也是啦……」

「話說回來，你揉得有夠起勁……呀啊。」

胸部果然還是直接揉比較好，那種觸感實在太棒了。

湊享受著頂級的柔軟手感，手的動作越來越激烈——

「笨、笨蛋，就說你揉得太用力了。真是的，瑠伽就在附近耶……」

「再一下就好，再讓我揉一下就行了。」

「這、這不是廢話嗎……嗯……！討厭，你也太喜歡人家的胸部了吧……！」

葉月紅著臉這麼說，同時緊緊貼著湊的身體。

「感覺葉月好像比我還興奮耶？」

「人、人家只是被你拜託才給你揉的……之前明明才揉過一次，你未免也太投入了吧……♡」

「畢竟沒有其他胸部可以給我揉嘛。」

「喔、喔……所以你也看上了瑠伽的胸部嗎？你不是之前才摸過？」

「就說那是意外啦。就算我求她，她應該也不可能給我揉吧。」
「很難說喔……瑠伽這個人太溫柔了。阿湊要是拚命求她，搞不好會有機會……啊♡」
「聲、聲音太大了。如果被瀨里奈同學聽到——」

「不、不好意思……已經聽到了……」

「「…………！」」

湊與葉月像是被電到一樣，瞬間分開。
只見將白襯衫的袖子捲到手臂上的瀨里奈，正坐在葉月房間的門前。
她似乎為了泡茶而把上衣脫掉了。
即使瀨里奈滿臉通紅——她依舊沒有離開門前。
「那、那個……你、你也想……揉我的胸部嗎？」
「沒、沒有啦。那是……」
「可是……就像你之前碰到時感覺到的那樣，和葵同學比起來……我、我的比較不起眼……」
「喂、喂，瀨里奈同學，妳在做什麼啊！」
不知道瀨里奈在想什麼，竟然解開了白襯衫的鈕扣。

白淨光滑的肌膚與清純的白色胸罩就這麼露了出來。
「……也沒有多小嘛。」
葉月嘀咕著。
她說的沒錯。瀨里奈的胸前有著清晰可見的乳溝，還不到稱作小的程度。
「不、不，給你看到這麼小的胸部，讓我有點害羞……」
「妳會害羞是因為尺寸的關係喔？」
湊不禁吐槽。
比起被湊這個男生看到自己的胸罩，她竟然覺得胸部比葉月小的事更讓人害羞。
「畢竟和湊同學、葵同學在一起很開心，要是只有我被排除在外會覺得有點……所、所以說……要是……那個……你拜託我的話……也、也是可以的喔？」
「「…………」」
不只是湊，就連葉月也愣愣地張大了嘴。
看來瀨里奈瑠伽這位少女同樣怪得很誇張。
在這股尷尬的氣氛中，湊、葉月和瀨里奈三人都只能傻在原地，誰也不知道該怎麼辦。

6 女性朋友今天不想答應請求

Onna Tomodachi ha Tanomeba Igai to Yarasete kureru

「今天人家不想答應你的色色要求。」
「……葉月，妳沒頭沒尾的突然說什麼啊？」
熟悉到不能再熟悉的湊家——
在湊的房間裡，兩個人正隔著桌子面對面說話。
「說起來，這是理所當然的吧。」
「什麼理所當然？阿湊你最近又是看內褲、看胸部，還又揉又吸的……把少女的胸部和內衣當成什麼了？」
「我還沒有要妳給我吸吧？」
「你都說了『還沒有』，代表只是時間的問題嘛。」
葉月紅著臉，狠狠地瞪了湊一眼。
「那只是語病……不用挑剔啦。妳要說的我也知道。」
湊拍了拍桌子上的課本。
「準備考試的期間，我不會提出什麼奇怪的要求。應該說我得請妳多多集中精神。」

「呿，擺什麼了不起的樣子嘛。」
葉月一臉嫌惡地將視線從課本上瞥開。
湊他們上的高中是三學期制，秋天時有一次期中考。
而那場期中考的時間已經近在眼前。
葉月第一次請湊教她功課，是在七月期末考的時候。
雖然葉月那次的拜託很突然，但湊這次倒是做好了心理準備。
況且從暑假到秋天這段期間，湊已經仔細地觀察過葉月。
這女人真的完全沒在讀書。
湊非常肯定這點。
「妳根本沒有好好聽課吧？課本和筆記本都太乾淨了。」
「嗚……人家身邊的人都是這樣的喔。」
「這就奇怪了，我以為那些社交咖雖然愛玩，成績卻意外地很好耶。」
「那就叫因人而異……不過，有些人的成績確實很好。」
葉月撇過頭，露出空洞的眼神。
「我想不太出來有誰那麼厲害，是誰呀？」
「人家是說讀同一間國中的，已經上別的學校了。不用在意。」
「這樣啊。」

雖然湊有些在意葉月的眼神而追問下去，不過看來最好還是別問太多。

即使是非常親密的朋友，有時也會搞錯與對方的距離感。

「不管怎麼說，葉月都是班上的女王，笨過頭可是會被大家冷落的喔。」

「……就算是那樣，湊依舊會陪人家吧？」

「當然啦，我不會在乎葉月腦袋裡的東西啦。」

「喔～對湊更重要的是人家衣服裡面的東西吧？」

「我承認那也是原因之一。」

「不要承認啦！哎，如果你現在敢說沒興趣，人家會直接揍下去就是了。」

「就算我說了那種話，也都是騙人的啦。」

正因為充滿興趣，湊才會拜託葉月給他看內褲，讓他揉胸部。

「可是這次真的請你幫幫人家！阿湊，讓人家考超過平均分數吧！」

葉月兩隻手擺在桌上，深深低下頭。

她今天將那頭奶茶色長髮綁在腦後。

注重打扮的葉月很少用這麼隨便的方式綁自己的頭髮。

她對髮型十分講究。即使只是綁髮，也會仔細調整綁的位置，或是選擇麻花辮、魚骨辮等不同造型。

看來她這次確實有集中精神用功的打算。

「雖然妳的目標似乎有點低……不過算了。再事先聲明一次，我的成績也只是稍微超過平均水準而已喔。」

「是啊，成績比湊更好的人多得是。」

「妳是在找我吵架嗎？」

「不過最會教人家的就是你。」

「……沒那種事吧。」

這種先貶後褒的方式，讓湊不知道該如何反應。

「因為我們是朋友，人家才可以放下自尊請你幫忙。你剛才不是說過人家是女王嗎？」

「真有臉自己說出口。」

不過那是事實，所以湊也沒辦法否認。

「但阿湊並不是女王的朋友吧。雖然人家不知道兩者間有什麼差別。」

「……是啊，我沒有把葉月當女王崇拜。」

我們是平起平坐的朋友，身分地位之類的都不重要——葉月是這麼說的。

「對吧？雖然瑠伽和湊一樣……不過那傢伙真的很不擅長教別人。」

「這樣啊……然而就算瀨里奈不會教人，我們不用找她來一起念書嗎？之前她不是說不喜歡被排除在外？」

「應該沒問題吧。話說瑠伽家裡好像很嚴格，即使是參加讀書會，如果她在考試前出門，她的家人搞不好也會生氣喔？」

「原來如此，是這樣啊。」

身為整個年級前段班的瀨里奈並不需要任何人指導。

在家中獨自努力用功可能是她的最佳選擇，她的父母應該也會感到放心。

「啊～你該不會又在想著瑠伽的胸部了吧？」

「沒、沒有那種事啦！」

湊連忙搖頭否認。

「真的嗎？那時阿湊不是猛盯著瑠伽的胸部看嗎？」

「在那種狀況下沒人不會看吧！」

「說得也是……清純大小姐的胸部真的有夠色情，連人家都看得眼睛發直了。」

「妳對瀨里奈身體的興趣未免太高了吧？不過那個確實很猛……」

前幾天，瀨里奈不知道在想什麼，竟然解開襯衫，露出胸罩。

湊沒辦法當個在那種情況下還能瞥開眼睛的紳士。

包裹在清純白色胸罩底下，那對尺寸恰到好處的隆起。

看起來彈性十足，又柔又軟。令人意外的清晰乳溝也充滿了魅惑力。

「不過以湊的個性來說，能忍住不摸也很了不起呢。」

「別摸我的頭！什麼叫以我的個性來說啊……」

葉月伸出手摸著湊的頭誇獎他，讓他坐著往後退開。

沒錯，湊抗拒了瀨里奈的強烈誘惑。

他沒有提出那種強人所難的要求，而是請瀨里奈把衣服穿好。

「不過那未必就是正確答案喔？」

「咦，是那樣嗎？」

「從那天之後，瑠伽在教室一碰到阿湊就會逃走吧？」

「那、那也是沒辦法的事嘛。」

儘管瀨里奈是個很有禮貌的人，見到湊的時候依舊會打招呼，但她隨即便會紅著臉小步跑開。

畢竟發生過那種事，感到莫可奈何的湊本來打算就此放棄——

「當時你或許應該揉她的胸部呢～如果對方在那種情況下什麼都沒做，反而會讓人感到尷尬吧？」

「嗚……」

「阿湊，你別害女生丟臉啦～」

「嗚嗚……」

湊感覺被戳到了痛處。

在湊的面前露出胸罩，想必瀨里奈也會覺得很不好意思吧。

所以當對方說「妳不必那麼做」而要她穿回衣服時，或許會讓她感到更加尷尬。

然而，湊當時也沒想那麼多。

「我知道了……下次我絕對會好好揉揉瀨里奈同學的胸部！」

「你只是想揉而已吧！」

「哎呀，瀨里奈同學的胸部還滿大的呢。葉月妳也說過吧。」

「沒想到她明明看起來很苗條，身材卻意外地很有料耶……喔，這樣啊……阿湊果然想揉漂亮千金大小姐的胸部啊。」

「妳、妳瞇著眼是什麼意思……」

葉月那種銳利的眼神讓湊有點膽怯。

「啊，等一下等一下。別聊那些了，趕快念書啦！」

「那種敷衍方式太爛了吧？不過說的也是……好啦～阿湊老師，小葵會加油喔～」

「要認真點喔。還好妳家就在樓上，就算讀書讀到很晚回家也很安全。開始吧。」

兩人在用功前閒聊了不少話。

湊和葉月面對面地開始念書。

湊的成績屬於中上程度，正好適合教葉月。

由於兩人的成績沒有很極端的差距，湊很容易就能理解葉月哪裡不懂，並且找到教她的方法。

在這個層面上，比起瀨里奈，湊更適合指導葉月。
儘管葉月非常討厭念書，容易分心，但湊會勸說和鼓勵她。加上吃晚餐的時間，兩人念了五個小時的書之後——

「欸欸，阿湊，差不多該結束了吧？」
「唔？喔，已經過十點了嗎……」
由於太過專心，湊沒注意到時間。
兩人的父母通常都是晚上十一點以後才會回家。
他們都知道湊與葉月經常待在同一間公寓裡彼此的房間。
不過兩人的父母並非那種會特別干涉孩子的人。
反正不是在外面閒晃，所以湊的爸爸沒有唸過他。葉月的情況也是如此。
他們甚至沒見過彼此的父母。
儘管湊和葉月都覺得至少該打個招呼，但這件事一直延宕到現在。
雖說如此，他們還是決定要在父母返家之前回自己的房間。
「那麼今天就到這裡吧。辛苦了。」
「呼哈～人家已經不行了……」

葉月頓時臉朝下趴在茶几上。

「人家這輩子或許還是第一次念這麼久的書耶。厲不厲害？」

「如果妳的考試成績能順利超過平均分數就很厲害。」

「呿，阿湊好嚴格。不過人家都這麼努力了，好期待獎勵喔。」

葉月抬起頭，咧嘴一笑。

「啊？等一下等一下，我有說過妳的分數達到平均就有獎勵嗎？」

「呵呵呵，這樣人家才能接受『待在家裡讀書』嘛。結束後我們就去斯波迪、唱KTV……還得去逛街買東西。對了，我們去『童話』吧。」

「妳已經想玩得不得了了呢……」

所謂的「童話」，是一座名為「童話世界」的大型主題樂園的簡稱。

湊也去過兩三次，的確非常好玩，專門給社交咖玩的感覺卻也很強烈。

「蹺課跑去童話的飯店住，整天玩到爽也不錯喔。」

「住、住飯店？」

「幹嘛那麼驚訝……啊！等等，你該不會是在想什麼奇怪的事情吧？」

「哪、哪有……不就是去玩而已嗎？況且平時那些社交咖也都會在吧。」

「別說什麼社交咖啦。不過……唔，跟湊兩個人一起去應該也可以吧？」

「咦……」

湊吃了一驚，葉月則有點扭扭捏捏。
「你知道吧，不是有人說情侶去童話玩就會分手嗎？」
「是、是啊，有聽說過。」
有的是因為遊樂設施的等待時間太長，導致對話中斷讓兩人陷入尷尬的氣氛。
又或是因為人太多，讓人感到煩躁。
還有的可能是因為兩人對去童話玩的熱情程度不同，導致雙方不對盤。
「反正我們只是朋友，不是情侶，所以就算只有我們兩個人去也不會有問題吧。」
「我懂了……的確，如果只是和朋友去童話玩，那就不用猶豫了。」
「對啊對啊，所以住在那邊玩一整天也ＯＫ吧！」
「……話說那裡的飯店不是很貴嗎？訂兩間房要多少錢啊？」
「住同一間房……也行才對。反正可以睡各自的床。而且現在我們給對方看到睡覺的樣子也沒差吧。」
「…………」
兩個朋友住同一間房……確實不是奇怪的事。
前提是兩人是同性。
「……畢竟妳就算在睡覺時給人看到內褲也不在意嘛。」
「怎、怎麼可能不在意！別把人家說得好像很婊！」

「抱、抱歉。」

湊不認為葉月放蕩，只是覺得葉月太好騙了。

而且是好騙到讓人希望她能多些警戒心的程度。

雖然他也很自私地期望葉月只對自己不抱任何警戒心。

「不過嘛～被朋友看到的話，人家是不會在意啦。反正人家也想看朋友的內褲。」

「妳還真敢說那種話……」

當瀨里奈展示她的運動短褲時，葉月也看得津津有味。

或許就算是女孩子，也意外地對裙子底下的風光充滿了興趣呢。

「那麼……怎、怎麼樣，阿湊？」

「啊？什麼怎麼樣？」

「雖然人家今天不會聽你色色的要求……但不是色色的要求倒是可以聽喔？畢竟你都教了人家那麼多功課，既嚴厲又仔細。得答謝一下才行呢。」

「我好像隱約察覺妳懷恨在心喔？教朋友功課這種小事是免費的啦。我可沒有那麼勢利。」

「真的嗎？」

葉月從桌子後方探出身體。

湊品嚐過好幾次的胸部，就這麼沉甸甸地擺在桌子上。

那種分量十足的胸部實在是太凶惡了。

「……怎麼感覺反而是葉月想要我提要求？」

「笨……笨蛋！怎麼可能有那種事！」

「不過即使妳那麼說，除了色色以外的事，我想不到什麼事要做……」

「男生就是這樣啦。你呀，萬一交了女朋友，如果只知道要對方做色色的事，可是會被甩掉的喔？」

「我這下明白了，原來葉月把我交到女朋友的可能性看得很低很低。」

雖然那種話很沒禮貌，卻也是事實。

「哎呀，今天沒什麼想拜託的。葉月妳很累了吧？趕快回家洗個澡早點睡吧。晚上天氣很冷，記得要保暖喔。別滑手機滑到半夜嘍？」

「你是我媽啊？哼～可別後悔放棄這種難得的拜託機會喔。」

葉月收拾好桌上的筆記與考古題，站起身。

「……欸，阿湊。」

「嗯？」

「看到女孩子這麼晚回家，你不是該送人家回去嗎？」

「說什麼送回家，不就只是搭電梯上兩層樓嗎？」

到現在為止，無論葉月稍微晚回家了幾次，湊都沒有送她回去過。

當然，葉月也從來沒有主動提出要求──

「……好啦。就算在公寓裡，也不能掉以輕心嘛。」

湊也站起身，先一步走出去。

儘管明顯沒有護送她回家的必要，但是湊的直覺隱約告訴他「現在不能跟葉月唱反調」。

湊和葉月走出屋子，來到走廊，再搭乘電梯上兩層樓。

離開電梯後，他們再經過走廊，走到葉月家的門前。

「媽媽應該還沒有回家吧。最近她都比平時還要晚回來。」

「我家也是。不過因為念書已經很花時間了，沒辦法同時照顧老爸。他晚回來也好。」

「你也得照顧人家呢。」

「是啊是啊，我很努力照顧妳喔。不過說真的，妳很累了吧。別拖拖拉拉地摸到半夜，趕快早點睡覺吧。」

「……湊就不累嗎？」

「嗯？」

葉月探出身體，緊貼著湊。

高高隆起的一對胸部碰到了湊的身體。

「沒、沒有啦。還好……」

「你的臉是不是有點紅？該不會發燒了吧？」

他之所以會臉紅，應該是碰到胸口的那對凶惡隆起的關係吧。

「唔……不知道耶？可能有點吧？」

「…………」

葉月的臉靠得更近，幾乎要讓兩人的鼻子碰在一起。

那張端正得誇張的臉龐實在太靠近了——

她閉上雙眼，像是要測量湊的額頭溫度。

湊沒有看著她的眼睛——而是盯著高挺鼻梁底下的薄嫩嘴唇。

唇瓣充滿光澤，看起來很柔軟。

她微微呼著氣，光是這樣就讓湊心跳加速。

「……嗯，人家也不太清楚。算了，應該沒事吧……唔。」

葉月此時似乎才察覺到自己正緊貼著湊。

她的臉瞬間漲得紅通通的。

葉月退後一步，背靠著自家的大門。

只見她扭扭捏捏，欲言又止，還不斷偷偷瞧著湊，一點也不像她平時的樣子。

湊——想起了葉月剛才說的話。

她想要為教功課的事答謝自己，還有——

「……不可以拜託色色的事對吧？」
「不、不行……」
葉月低頭著，微微搖了搖頭。
這讓湊的目光越來越被那對唇瓣吸引。
「接吻……算是色色的事嗎？」
眼前的那對唇瓣實在太有魅力——不禁讓湊的嘴下意識地說出了那樣的話。
「……接、接吻啊……那、那就像打招呼嘛……」
葉月看了看周圍一眼。
夜晚的走廊靜謐寂寥，一點人聲也沒有。
雖然下一秒可能就會有人從電梯，或是從屋裡走出來——
但現在只有湊與葉月兩個人。
「既然是朋友之間打招呼……可、可以喔。」
葉月用力地點了點頭。
雖然湊感到驚訝，內心卻很肯定葉月會答應。
「啊，不過！只能一次喔！下不為例！」
「好、好的。」
一般來說，對於不是女朋友的對象，就算雙方是異性朋友也不可能接吻。

但是如果只限一次，葉月似乎就ＯＫ。

「如果真的只做一次……你可以……親人家喔……」

「那麼……」

湊摟住葉月的纖細肩膀。

再次將臉靠上去。

「嗯……」

「啾」的一聲，他做了個只是輕微碰觸到對方的親吻。

光是這樣——就足以讓葉月的唇瓣傳來彷彿要令人融化的滑膩柔軟。

而那股柔軟無比的觸感——使湊的理性潰堤了。

「嗯……嗯嗯！嗯、嗯嗚嗚……！」

湊將剛才輕微觸碰的嘴唇壓了上去，貪婪地索求著葉月的唇瓣。

他發出啾啵啾啵的聲音，狠狠地吞食、吸吮那柔軟的唇

甚至忘我地伸出舌頭塞進葉月的口中，翻攪著內部。

接著，他找到了葉月的舌頭，纏上去、吸出來，再次品嚐著唇瓣——葉月也伸出舌頭。

湊用伸出的舌尖觸碰著葉月的舌頭，再次纏攪在一起。

「嗯嗯～嗯、嗯唔唔……嗯、嗯唔唔……！」

湊一把將葉月纖細的身軀抱向自己，貪求著嘴唇，纏攪著舌頭，再用力吸吮塞進自己口

中的舌頭。
「嗯唔、嗯、嗯嗯～嗯、嗯唔唔……嗯、嗯～嗯嗯嗯……♡」
走廊上只剩下嘴唇激烈相覆，舌頭交纏時的啾嚕啾嚕、啾啵啾啵聲，以及葉月口中發出的些微吐氣聲。
就在湊徹底地——真的是徹底地品嚐過葉月的嘴唇後……
「呼哈……！人家還以為要窒息了……！笨、笨蛋！太久了！」
「抱、抱歉啦……可、可是就只能做一次嘛。」
當湊放開對方的身體後，只見臉紅到耳根的葉月瞪了瞪湊。
「那、那算一次嗎？是、是這樣說沒錯啦……但是一次太久了！有沒有超過五分鐘啊……？」
「不知道……我又沒有計時。」
雖說如此，為了遵守只做一次的約定，湊毫無疑問地耍了點小聰明，充分地享受了那一次的接吻。
「人、人家明明是第一次接吻……好像比揉胸部還要舒服呢……」
「……妳、妳是第一次啊……」
這個順序不用想也知道很奇怪。
照理來說，應該是先接吻後才能碰胸部吧。

而且沒想到還能收下葉月的初吻。

「囉、囉嗦啦。第一次也很不錯吧。感、感覺腿要軟掉了……」

「喂、喂，妳還好吧？」

「人家已經動不了了……不管被做什麼事，大概也沒辦法反擊。」

「啥？葉月，妳在說什麼？」

「……人家不限制一次了。但是請你稍微手下留情一點。」

「…………」

也就是說，她似乎撤回了接吻的次數限制。

「溫柔一點……要溫柔一點喔♡」

「啾」的一聲，葉月挺起身體輕吻了一下湊。

雖然她腿軟站不起身，但姑且還是能動。

而湊一邊感受著重新加溫的興奮——

「呀啊，嗯……啾，嗯嗯……♡」

一邊再次抱緊葉月。這次換成了連續輕輕碰觸的吻。

雖然僅此一次的長時間熱吻很棒，這種連續的輕吻卻也不錯。

每次離開唇邊時，都可以看到葉月那張可愛的臉蛋變得紅通通的。

湊抱緊渾身無力的葉月，享受著那具身體的柔軟。

兩人一邊接吻一邊發出啾啾的聲音，接著朝對方伸出舌頭纏攪在一起，四片唇瓣互相重合貪求著彼此。

「嗯嗯嗯，又那麼激烈……嗯，可以多親人家一點喔♡」

看來葉月也撤回了「要溫柔一點」的條件。

和這位可愛到不行的女性朋友接吻，不可能平平靜靜地收場——

7 和女性朋友玩親親之後

Onna Tomodachi ha Tanomeba Igai to Yarasete kureru

期中考順利結束了——

至於葉月的成績結果是否過關，只有天知道。但總之已經結束了。

「啊……蛋糕好好吃！」

「……葉月，妳吃太多了吧？」

「光是在旁邊看，感覺胃就要撐爆了……」

湊和瀨里奈傻眼地看著感動地提高音量的葉月。

這裡是位於大型購物商場裡頭的一家西式甜點店。

顧客可以在店內享受蛋糕自助餐。

「蒙布朗、起司蛋糕、草莓塔、歌劇院蛋糕、千層酥，還有再來一份的蒙布朗……妳要吃多少啊？」

「不是有句話說甜食是裝在另一個胃嗎？」

「那另一個胃還真是無底洞啊。」

湊拿了一塊起司蛋糕和一塊巧克力蛋糕。

而瀨里奈只吃了半塊草莓蛋糕和抹茶蛋糕。

「因為我們在KTV唱了很久，肚子很餓嘛。」

「幾乎是葉月的單人演唱會就是了。」

今天是期中考的最後一天，學校上午就放學了。

全班以葉月的小團體為中心，在KTV舉辦了慶祝會。

在兩個小時的使用時間裡，湊覺得有差不多一半的時間都是葉月自己獨唱。

順帶一提，湊一首歌都沒唱。瀨里奈則是因為害羞而縮在角落。

「先不提阿湊。大家都很想聽瑠伽唱歌耶？」

「我很不擅長唱歌……更別說在一群人面前唱。」

「阿湊你別被騙嘍。人家在國中音樂課聽過瑠伽唱歌，她真的很會唱歌呢。」

「啊～瀨里奈同學該不會也會彈鋼琴吧？」

「算是會彈……但會彈鋼琴不代表會唱歌喔？」

雖然瀨里奈謙虛地那麼說，但想必正如葉月所說的，她的歌唱得很好。

據說她的嗓音如天使般清澈，讓湊也想聽聽看她的歌。

「話說回來，我們自己跑掉好嗎？班上那些人後來不是去斯波迪了？」

湊他們在大家離開KTV，前往下一個地點時就已經悄悄溜掉了。

「你本來就打算離開KTV後開溜吧？既然如此，人家當然也要跟著你。」

「因為我在KTV就已經用光力氣了。不過……這樣沒問題嗎？」

「沒問題沒問題，反正大家都很開心，即使少了幾個人可能也不會有誰注意到。」

「這很難說喔……」

先不論湊，要是社交咖葉月和私下很受歡迎的瀨里奈不見了，大家肯定會立刻發現，而且應該會有很多人失望吧。

「喔，有電話。人家接一下。」

葉月說著就站起身，走向店外。

「「…………」」

葉月離開後，沒話題可聊的湊和瀨里奈顯得有些尷尬。

前幾天瀨里奈露胸的事還記憶猶新——再說兩人也才剛成為朋友不久。

「說、說起來，不知道葉月那傢伙考得怎麼樣耶？感覺今天一直很忙，沒機會問她。」

「啊，啊……是湊同學教她功課的嗎？那應該沒問題吧？」

對我抱持那麼大的信任是怎麼回事啊——湊很想這麼吐槽。

與瀨里奈相比，湊的成績可是差得多了。

「如果瀨里奈也能一起幫忙教就好了。但畢竟妳家有門禁，沒辦法在考試前跑到外面念書吧？」

「咦？」

「咦？」

瀨里奈拿著紅茶杯的手抖了一下。

「雖然我得遵守門禁時間，但是跟朋友一起讀書應該不會被罵……之前我都和葵同學一起讀書呢。」

「……這樣啊。」

那麼，先前葉月說的「沒辦法邀請瀨里奈參加讀書會」是怎麼回事？

看來他們之間偶爾會出現一些奇怪的認知落差。

就像葉月在夏天之前便已經知道湊的存在，湊卻完全忘記了。

「然而我不太擅長教別人……你們兩個一起念書是正確的決定。我擔心會打擾你們，所以覺得不參加會比較好。」

「這、這樣啊。不過我覺得妳不會打擾我們就是了。」

看起來瀨里奈並不認為自己「被排除在外」。

湊稍微鬆了口氣。然後——

「抱歉抱歉。人家突然不見，惹其他人生氣了。」

「那是當然的啦。」

湊和瀨里奈對回到座位上的葉月報以苦笑。

她的朋友大概原本以為葉月很快就會跟她們會合，所以沒在意太多吧。

「不過，我已經說今天不跟了。反正大家聽了我那麼久的美妙歌聲，應該很滿足了吧。」

「妳這個女王陛下還真是有自信啊。」

的確，既然都在KTV開了場單人演唱會，應該算是足夠了。

「好了，接下來怎麼辦？晚餐吃披薩……還是豪華點吃燒肉？」

「真虧妳吃了這麼多蛋糕還能提起晚餐的話題……」

「啊，不過該怎麼辦？還得考慮瑠伽的門禁時間，得早點決定餐廳才行。」

「關於那件事……」

瀨里奈害羞地舉起手。

「考試今天剛結束，如果只是晚一小時，是可以延後回家時間的。然後……要不要在葵同學的家裡吃飯？」

「唔～對耶，在店裡的話會不知不覺待太晚。」

「況且如果去這附近的餐廳，也可能會遇到其他同校的學生。」

光是葉月、瀨里奈和湊這三人走在一起，搞不好就會招來其他人的異樣目光。

「不過喔，瑠伽，如果在我家吃，可能就會變成吃速食喔？」

「我自薦一下……方便的話，我來做飯吧？」

「「咦！」」

「不、不要期待太多喔。東西很普通啦。」
在葉月家的廚房裡，瀨里奈正害羞地忙碌著。
她將那長長的黑髮綁成馬尾，脫下制服的西裝外套，只穿著白色襯衫，外面還套上粉紅色的圍裙。
「太厲害了，我家竟然有人在做飯……」
「而且還是穿圍裙的女高中生……」
「感覺好色情……」
「感覺很色情呢……」
「我聽得到喔，你們兩個！」
瀨里奈回過頭來，害羞地笑了笑。
湊和葉月坐在能看到廚房的客廳沙發上，眺望著這感人的景象。
回家路上在超市採購後，瀨里奈一到葉月家就開始做料理。
就湊所見，瀨里奈的動作非常熟練。
伴隨著「噠噠噠噠噠」輕快的聲響，她俐落地切著蔥。
「話說回來～我們真的不用幫忙嗎？」

「沒關係，包在我身上吧。」

瀨里奈再次回頭，微微一笑。

「你們兩個休息一下吧。我在做事時會很專心，一個人做飯比較輕鬆。」

「這、這樣啊。那就謝謝妳的好意了。」

能讓女性朋友招待親手做的料理，這實在太幸福了。

而且還是像瀨里奈這樣的清純美少女——

「可惡呀瑠伽這傢伙～既可愛又聰明，甚至還會做飯！未免太完美了吧！」

「這有什麼好吃醋的？不過我們還是學學怎麼自己做飯好了，不然會很糟糕吧。」

「唔～不用那樣逼迫自己吧？現在叫外賣什麼的都很方便。當然偶爾還是會想吃親手做的料理就是了。」

湊和葉月各自與父親和母親生活，這幾年大多是獨自用餐。

兩人都很想吃到別人親手做的菜。

「要學的話，應該是我來吧？」

「為什麼啊！人家才是女生耶！」

「我可沒有那種把做飯都推給女生的古老觀念。」

「別講得好像你很高尚一樣～人家就是想像個女孩子下廚做菜啦！」

「可是妳都沒有練習吧？」

這場架吵得很低層次。
其實湊也沒有真的要葉月學會做飯的技術。
「……不過喔，瀨里奈同學真的很專心呢。」
「瑠伽對一件事真的會太投入，有時候甚至會完全看不見周圍呢。」
「真是個怪人……」
「就是因為她這個人很怪，才會讓認識沒多久的阿湊看胸部吧？」
「……妳還在記恨啊？」
「為什麼要記恨？人家跟你只是普通朋友喔？」
「……嗯，是朋友。」
「…………」
湊點點頭後，葉月就閉上嘴——接著偷看了瀨里奈一眼。
「我們是朋友，所以這不是什麼要求，只是朋友之間打招呼。」
葉月這麼說著，輕輕吻了湊一下。
其實自從他們之前初嚐接吻的滋味之後，兩人便趁著讀書會的時間，不只一次相吻。
「要是被發現，對瑠伽就太不好意思了……啾、啾……」
葉月一邊害羞地這麼說，嘴上卻親得更激烈。
湊也將坐在旁邊的葉月摟向自己，主動蓋上自己的雙唇。

「嗯、嗯嗯……嗯、啾……♡阿湊，不行啦……瑠伽正在幫忙做飯，我們怎麼可以做這種事……」

「是葉月提議的吧？稍微親一下沒關係啦……」

他偷瞄了一眼廚房，瀨里奈還在切菜。

根據買來的材料判斷，她應該是在煮火鍋。

在這個即將進入深秋的時刻，吃熱騰騰的火鍋似乎不錯。

「嗯，啾……好吧。如果只是親一下……那就可以喔。」

「那就只親一下……可以順便揉胸嗎……？」

「嗯……要小心……別被瑠伽發現喔？」

葉月解開白襯衫的胸口，露出粉紅色的胸罩。

湊將那條粉紅色胸罩往上挪開——彈性十足的那對碩大隆起就這麼跳了出來。

連漂亮的桃色乳頭也一覽無遺。

「討、討厭啦……怎麼突然就揉起來……嗯嗯……♡」

「在吃飯前能揉到胸部真的太棒了。妳的尺寸具體來說是多少啊？」

「現、現在要問那種問題嗎？唔……大概是F罩杯吧。」

「F？」

湊吃了一驚。不只是因為葉月老實地告訴他尺寸，更重要的是那個大小。

那簡直是寫真女星才會有的尺寸。

「竟然隨時隨地都可以搓揉F罩杯的胸部，我的運氣未免太好了吧……」

「說什麼隨時隨地都可以……不、不過，只要你好好地拜託人家，是沒問題啦？」

葉月剛開始時似乎想拒絕，但很快就答應了。

即使是在這段時間裡，湊仍然直接觸摸著葉月的F罩杯胸部。他捧著胸，以畫圓般的動作不斷地揉捏。

「這什麼白痴對話啦……嗯嗯♡你、你今天是不是揉得有點太用力了？」

「是啊……比起只有我們兩個，有人在的場合可能比較讓人興奮……」

「你、你好變態喔，阿湊。嗯♡」

葉月一邊罵著湊，自己卻還是啾的一聲親上去。

「而且我們這幾天不是因為讀書讀得太認真，只有玩親親而已嗎？」

「我、我們是朋友嘛……親親就夠了吧……啊嗯♡」

「我真的興奮起來了……葉月的胸部好軟喔……」

「真是的……要是不趕快冷靜下來，就會被瑠伽發現了……」

葉月露出充滿深意的眼神。

她的意思似乎是今天能提供更多的服務。

「那就……回歸基本，讓我看看內褲吧？」

「什、什麼基本啊？真是的……！」

雖然嘴上那麼說，葉月還是緩緩地掀起裙子。

粉紅色的可愛內褲從掀起的裙子底下微微探出了臉。

「喔，今天是粉紅色啊……」

「偶、偶爾啦。穿這種可愛的款式，感覺讓人有點害羞……」

「畢竟葉月穿的大多是黑色嘛。不過完全沒有問題喔。讓我多看一點吧。」

「嗚～一、一點一點慢慢來喔。人家真的很害羞。」

或許是因為自己的可愛內褲被稱讚，咧嘴笑著的葉月繼續掀起裙子，露出更多的內褲。

「很好喔。這種被吊胃口的感覺超棒的。」

「你的興趣是不是越來越偏門了啊……？」

「可是妳看嘛。用『內褲就在這裡喔，想看就看吧？』的感覺給人看，跟害羞地給人看的感覺完全不同嘛。」

「你幹嘛那麼認真說明……內、內褲就在這裡喔，想看就看吧？」

「同、同樣的話從害羞的葉月口中說出來就是很棒。」

「阿湊，你好像什麼都說棒耶？」

「那是因為只要葉月讓我看內褲，幾乎所有的情況都很棒啊。」

「你、你是笨蛋嗎？這、這樣就夠了吧？而且差不多快要被瑠伽發現了……」

「再、再稍微……讓我看一下內褲就好。」

湊將臉靠向葉月的下半身，端詳著可愛的粉紅色內褲。

「雖然現在才說太晚了，不過你到底是有多喜歡人家的內褲啊……呀，你盯得太用力了吧♡」

「在這種情況下，我怎麼可能瞥開眼睛？」

「雖然說……能讓你開心，人家也很開心……嗯嗯，不過你的眼神太色情啦♡」

葉月已經大大地掀起裙子，徹底露出整條內褲。

班上第一的社交咖美少女竟然如此大膽地展現裙下的風光——

就算是朋友的特權，這也未免太好了吧？

「不、不妙啊……」

「什、什麼不妙？」

「不是啦……」

湊結結巴巴起來。

葉月的行為實在太過大膽，只要是湊的要求，她都能讓湊為所欲為。

再這樣下去——

「我在想**是不是要做準備**……不，真的沒事！」

「阿湊，你在打什麼主意？雖然是沒差啦……」

葉月半瞇著眼瞪著湊，但沒有深究下去。

不過，湊得先做好「準備」。

那並不是什麼大不了的事，只要去一趟便利商店就能解決了——然而他對葉月卻難以啟齒。

「先、先別說那些了，葉月。我可以多揉一揉妳的胸部嗎……？」

「別、別問那種蠢問題啦。當然可以啦……可、可是這種事……只限今天喔。因為你最近教人家功課，人家才給你特別多的福利喔？不是每天都有的……」

「我、我知道啦。」

只要不是每天，應該就能有第二次第三次吧。

湊感覺自己的期待與快感一起湧了出來——

「那個……材料……全部都切好了……」

「「……！」」

突如其來的聲音讓湊與葉月凍結在原地。

哎呀——早知道一定會變成這樣，他們兩人在那邊發什麼情嘛？

只見穿著圍裙的瀨里奈站在沙發旁邊，整張臉紅通通的。

「不知道該說你們兩位學不乖還是怎樣……表演給我看有那麼好玩嗎？」

「誤、誤會啦，瑠伽！人家才沒有那種興趣！」

「別說得好像我就有那種興趣啦。」

雖說如此，湊也無法否認偷偷摸摸地在瀨里奈附近玩很有趣。

「不、不是，抱歉。我只是看到你們兩位只顧著自己玩，卻把我放在旁邊……感覺有點遺憾。」

「……呃、呃～瀨里奈同學也要給我看胸部嗎？」

「阿湊，你亂提什麼要求啊！」

「只、只要看胸部就可以了嗎……？」

「啥？瀨里奈同學，妳說什麼……？」

瀨里奈的臉紅到了耳根，接著一屁股坐在沙發上。

「我是不是……那個……和葵同學一起……給你看比較好？」

「……真的假的？」

「是、是的……不管是胸部……還是內衣……只要是給湊同學看，都沒有問題……」

湊不禁懷疑起自己的耳朵。

和自己認識沒多久的瀨里奈，願意給他看運動短褲與胸罩的那次，只讓人覺得她是一時衝動。

但今天——或許從此以後都可以盡情欣賞她的胸部與內褲嘍……？

宛如愚蠢男生的妄想就這麼在湊的面前化為現實。

「我們是朋友嘛……沒、沒關係的。」

「………」

雖然是自己提出的要求，不過湊實在搞不懂瀨里奈對朋友的定義。

然而——他沒有拒絕的理由。

「那麼，瀨里奈同學……不好意思，可以讓我稍微看一下嗎？」

「好、好的……我的胸部也可以隨便看喔……」

「真是的～到底是怎麼樣啦……算、算了，沒差。畢竟湊和瑠伽是朋友嘛。」

瀨里奈瞥開視線，接著掀起長裙，露出清純的白色內褲。

湊吞了一大口口水。

瀨里奈那對尺寸不及葉月，卻也相當大的胸部就在圍裙底下。

湊不但可以搓揉這對胸部，還能盡情欣賞她的內褲。

如此絕世的美少女，竟然只因為雙方是朋友的原因，就允許湊做到這種地步。

「好了，人家和瑠伽兩邊的內褲……你都可以盡情欣賞喔♡」

「是、是的……如果只是要看胸部，那就盡量看吧……♡」

「好、好的。」

棕髮的葉月與黑髮的瀨里奈。兩位類型不同的頂級美少女站在一起展現出裙下的風光。

而且葉月還露出了胸部。

「我、我這邊也……請看……♡」

瀨里奈也拉開圍裙，解開白襯衫的胸口，展示出白色的胸罩。

「喂，也看看這邊啦……人家難得給你看耶。」

巨大無比的F罩杯胸部與粉紅色的內褲。

那對胸部如水球般晃動，彷彿正向湊炫耀著自己。

「感、感覺好丟臉……不過如果是湊同學看的話就沒有關係……」

瀨里奈也將胸部往前挺起，像是在與葉月較勁似的。

尺寸比葉月還要小一點，但仍能擠出確切乳溝的胸部包裹在白色的胸罩之中，以及同樣是白色的內褲。

「我、我們到底在做什麼啊……」

「呀啊……葵同學的胸部碰到我了……」

由於兩人一起挺出胸部給湊看——

葉月的左胸與瀨里奈的右胸碰在一起，互相擠壓變形。

「不妙，妳們兩人的胸部都太色情了……」

「那、那個感想有夠蠢。」

「葵同學的胸部好柔好軟……」

展露無遺的F罩杯胸部與白色胸罩，如水球般晃動的胸部的柔軟與彈性。

就在湊的面前，兩位女性朋友的胸部完成了一場夢幻的同台共演。

而且她們還掀起裙子，露出內褲。

湊連想都沒想過，自己竟然能有目睹如此光景的一天。

「話、話說喔～只有人家露胸感覺太丟臉了！瑠伽也多提供一點服務吧！」

「呀啊、葵、葵同學……可、可以是可以，我自己來就行了……！」

「…………！」

接著，兩人就開始打鬧起來——

葉月的手抓住瀨里奈的胸罩，猛地往下一拉。

一邊的胸罩就這麼歪掉。小巧可愛，晶瑩剔透的粉紅色乳頭於是——

「呀、呀啊，會被看到……！」

「反正被看到也沒關係不是嗎！嗚哇，完全是粉紅色的！好了，阿湊你快看你快看！」

「不、不好意思，瀨里奈同學……」

「這個男生嘴上那麼說，眼睛卻絕對不會瞥開啦！」

「沒、沒關係喔……說的也是，如果只有葵同學能露，那就太不公平了……」

「不公平？」

瀨里奈的話讓葉月驚訝地睜大了眼睛。

那句話給人的感覺，好像她早就想讓湊看自己的乳頭了。

「我、我……只是想和湊同學變得更親近而已……還有和葵同學……」

「雖然人家搞不懂這跟想露胸部給人看有什麼關係……但結果就只有阿湊賺到嘛！嘿～反正都要給人看了，妳就多露一點吧～！」

「呀啊，葵同學，我會給你們看的，讓我自己來啦……！」

葉月與瀨里奈簡直就像在沙發上展開一場格鬥。

看著兩位袒胸露乳，內褲從凌亂的裙襬底下露出的頂級美少女彼此正在打鬧嬉戲——

湊只能拚命動員所有的理性，努力壓制想撲上去的衝動。

8 若是拜託女性朋友，意外地可以……

Onna Tomodachi ha Tanomeba Igai to Yarasete kureru

在小碟子裡倒了點味噌湯，然後淺嚐一口——

「嗯……差不多可以了吧？」

湊舔了舔小碟子裡剩餘的湯，歪了歪頭。

「早安～」

「早啊、葉月。」

穿著制服的葉月走進湊家的廚房。

隨著秋天即將結束，葉月終於開始在開襟毛衣外頭穿上西裝外套。

「喔，好香啊。」

「妳來得正好，葉月。幫我試試味道。」

湊又在小碟裡倒了一些味噌湯。

葉月也嚐了一口。

「嗯……應該差不多可以了吧？」

「妳的反應和我完全一樣啊。」

「因為我們都是吃同樣的東西長大的吧？」
「那只是一小段時間吧。」
僅僅吃過幾個月相同的晚餐，不可能使兩人的性格變得相似。
「湊開始做飯已經兩個星期了吧？你進步得很快嘛。」
「還好啦，不過味噌湯應該是一次就可以做出來的。」
湊記得以前在家政課上也做過味噌湯。
那時他把事情都丟給同組擅長家政課的女生去做。
現在回想起來，湊實在是給對方找麻煩。難怪他交不到女性朋友。
「人家應該不管做幾次都做不好吧，甚至可能會連試味道的想法都沒有。」
「這是常見的失敗模式啊。不過如果能吃就這樣吧。」
湊關掉了ＩＨ爐的開關，將味噌湯倒入碗裡。
已經準備好的煎蛋捲，只是用微波爐加熱的小香腸，以及不過是將切好的蔬菜盛起來的沙拉。
再加上剛煮好的米飯和海苔。
湊將這些食物分成兩份，葉月則幫忙拿到餐桌上。
「目前還有一半是買現成的呢。」
「很好、很好。煎蛋捲也沒有燒焦了。喔，這種金黃色真漂亮！」

「嗯……我喜歡甜一點的煎蛋捲，但似乎還沒達到剛好的甜度。我明明是按照食譜來做的啊。」

「阿湊還真是挑剔呢。」

葉月苦笑著坐到桌前，湊也坐在她的對面。

自從前一陣子瀨里奈請他們吃親手做的火鍋之後，湊突然開始發憤學習煮飯。

看到同年齡的女孩能做出如此出色的料理，自己卻什麼都做不出來，讓他覺得很沒面子。

但葉月似乎完全沒有那類的想法。

「目前我最多也只能做出早餐就是了。」

「光是可以吃到熱騰騰的早餐，人家就很幸福了♡不然平時都是吃穀物片，或是甜麵包～」

「我也差不多是這樣。」

順帶一提，湊的父親已經出門上班了。

他說「吃早餐會讓腦袋變遲鈍」，所以經常只喝杯咖啡就出門工作。

「既然機會難得，人家想趁還沒冷之前趕快吃。可以嗎？」

「喔，說的也是。請用吧。」

「人家開動了～」

葉月先是啜飲了一口味噌湯，然後再咬一口煎蛋捲。

「嗯，好吃好吃。湊，你真的很厲害。可以當人家的媽了。」

「媽媽，我想吸奶～」

「好噁！」

葉月一臉真的覺得很噁心的樣子。

「……嗯，我也覺得自己真的太噁了。葉月，忘了那句吧。」

「至少叫姊姊之類的吧。如果是『我想吸姊姊的奶』或許還可以接受？」

「不行吧。一樣很噁。」

「……嗯，那你也忘了那句吧。」

兩人從早上就開始說傻話。

「但說真的，不管是味噌湯和煎蛋捲都很好吃。真希望每天都能喝到湊做的味噌湯。」

「妳是在求婚嗎！」

「要不要別當朋友，來當人家的太太？」

「如果我將來找不到工作再考慮吧。畢竟有人說比起稍微聰明的邊緣人，長相好看的社交咖找工作可能更容易一些。葉月似乎更有賺錢的能力呢。」

「那就不是叫太太，而是叫小白臉吧？」

「也可以那麼說。」

兩人的傻話依舊繼續說下去——

不過看到葉月吃得那麼開心，湊也很高興。

飯碗、味噌湯的碗、小碟子、裝熱茶的杯子以及筷子都是葉月專用的。

湊家多了一套餐具，但湊的父親似乎並不介意。

「不過我可能意外地想做什麼就做得到喔。不只是早餐，我還想嘗試挑戰炒飯或是咖哩。」

「炒、炒飯？咖哩？阿湊，你要挑戰那種高難度的料理嗎？」

「那種難度一點也不高啦。」

雖然對於從來沒有自己煮飯的兩人來說，難度確實很高。

「沒辦法，人家就幫你試毒吧。」

「我真的會下毒喔。」

兩人繼續講著傻話，悠閒地吃完了餐點。

湊突然覺得，這畫面有點像同居情侶——甚至像是夫妻的餐桌風光。

他一邊苦笑，一邊在廚房處理碗筷。

遺憾的是，湊家沒有洗碗機那種文明的利器。

當自己煮飯時，不只是餐具，還得洗鍋子和平底鍋那類烹飪用具。

「做飯最麻煩的部分就是事後的清理呢。」

「阿湊，你領悟到真理了。下次要不要穿女僕裝來幫你？」
「瀨里奈穿女僕裝的樣子……破壞力好強啊。」
「是在說人家啦！啊，不過人家也想看看瑠伽穿女僕裝的樣子。好想在瑠伽穿著輕飄飄的女僕裝做飯時，從後面掀起她的裙子，看她害羞的樣子！」
「妳是不是比我還好色啊？」
雖然事後清理很麻煩，但只要和葉月一起打鬧，那就很愉快了。
兩人說著玩笑話，完成了清理工作——
「但說到底，自己煮飯是對人家和阿湊都有好處的雙贏局面呢。」
「不過做飯還是很麻煩，對我來說不算贏就是了。」
「沒有那種事吧。」
葉月突然半瞇著眼睛望向湊。
「湊同學不是很開心地向瑠伽學習做菜嗎？像是怎麼拿菜刀之類的，然後你就碰到瑠伽的手，兩人發出『啊……』的一聲，臉變得很紅……」
「……聽起來很像愛情喜劇的情節。」
「你都已經看了瑠伽的內褲和胸部，卻會因為碰到她的手感到害羞，這順序不是很奇怪？」
「嗚……」

她說的一點也沒錯，然而湊不可能碰到瀨里奈那雙纖細的手卻沒反應。

教湊做菜的當然是瀨里奈。

上黑髮美少女瀨里奈的料理課實在太開心了。

「葉、葉月也可以一起學呀。我還在學習的過程，從現在開始也不遲──」

「人家怎麼可能打擾到兩位朋友那麼愉快的時光呢？」

「我們也沒有玩得那麼開心……」

嗯，也許真的玩得很開心。

剛開始對瀨里奈的那種難以搭話的感覺完全消失了，現在湊可以輕鬆地與她交談。

「即使成為了人家的朋友之後，你明明還保持著相當長的警戒時間。可是跟瑠伽未免也太快變親近了吧？」

「沒、沒有那種事……」

無論瀨里奈是有多麼好親近的人，她仍然是一位超高水準的美少女。

說來奇怪，即使經歷了那種「遊戲」，湊和她之間的距離還是沒有完全拉近。

「難道說，葉月妳在生氣嗎？」

「沒有啊～人家很感激每天早上能吃到熱騰騰的飯。也覺得湊能交到其他女性朋友很不錯。」

「……是嗎？」

雖然感覺她話裡有話，但既然她那麼說了，湊也不好追問下去。

而且實際上，湊和瀨里奈相處的時間很短，還沒什麼關係很好的感覺。

「唔～不過喔……」

「怎麼啦，葉月。妳今天好像一直有什麼話想講？」

「沒有……嗯，可能有。」

葉月雙手抱胸，好像在想什麼。然後說：

「那個啊……阿湊，你要不要來我家？」

「好啊，今天就去葉月家吧。但如果要做晚餐，我還是比較想在用習慣的我家廚房裡做。」

「人家不是說放學後……是**現在**。」

「現在？等等，那學校怎麼辦——唔！」

葉月突然抱住湊，吻了上去。

「啾」的一聲，在她給了一個彷彿要把湊的嘴唇吸住的吻之後——

「我們蹺課吧。如果想懶懶散散過一整天，還是待在自己家最舒服。而且阿湊你也可以把那裡當自己家，想做什麼都可以喔。」

「做、做什麼都可以？」

「對。愛吃什麼愛喝什麼都可以，想賴在床上也行。還有——」

葉月緩緩地鬆開領帶，解開白襯衫的兩顆鈕扣。

接著她一口氣把襯衫的前襟拉開，露出F罩杯的胸部形成的山谷。

「想隨意玩弄女性朋友的胸部也可以喔？」

結果湊和葉月真的蹺課了。

湊基本上是個認真的學生，從來沒有做過沒生病卻不上學的事。

他姑且還是用電子郵件向學校提出了假單。

雖然在湊他們學校裡，蹺課的學生大多不會提出那種東西。

「葉月妳呢？」

「啊～人家已經LINE朋友了，跟她們說人家要和湊去玩。」

「說得那麼直接好嗎……？」

「如果要做什麼見不得人的事，就不會特地說出來了吧。她們會覺得我們就只是普通地出去玩啦。」

「這樣啊。不過實際上我們差不多就像在玩啦。」

「**這也是**……嗯……一種玩樂嘛。雖然是異性朋友才會玩的。」

湊他們來到葉月家的葉月房間。

雖然蹺了課，卻仍然穿著制服的湊姑且還是把書包帶來了。
他脫掉制服上衣，坐在床上，背靠著旁邊的牆壁。
葉月則是躺在他身旁——
上半身直接露出雪白的肌膚，下面雖然還穿著裙子，不過裙襬已經翻了起來，讓黑色的內褲一覽無遺。
就連那條內褲也稍微往下滑，看起來相當煽情。
「妳今天沒穿安全褲啊……」
「畢竟人家一開始就打算蹺掉今天的課嘛。」
「妳剛才說得好像臨時起意似的……」
只要葉月沒出門，她就不會在裙子底下穿安全褲或短褲。
不對，她穿便服的時候偶爾連裙子都不穿。
她之所以不喜歡安全褲的原因，除了穿起來不舒服，似乎還有不夠好看的因素。
「阿湊，你剛才抱怨人家……不過人家也想抱怨一下。」
「咦？怎麼了？」
「還裝什麼傻～來到這裡的時候你要猴急地撲上來是沒關係啦——」
葉月彎腰靠到湊的旁邊。
「看看這個。人家的胸部都變得濕濕的……真是的，還又舔又咬……而且，最、最後還做了那種事……」
「哪種事？」
「開什麼玩笑啊，阿湊？你竟然做了那種事！用、用胸部夾住……真不敢相信！」
「哎呀，都是因為胸部好柔好軟，所以就情不自禁……我本來以為自己已經很清楚葉月的胸部有多軟了，沒想到不同的品嚐方式可以體會到不同的滋味呢。」
「別說什麼品嚐啦！」
葉月探出身體瞪了湊一眼。
「可是我拜託妳之後，葉月不也覺得很有趣嗎？像是夾住的時候妳說有種奇怪的感覺，一跳一跳的時候妳說很可愛，還很起勁地摩擦耶。」
「那、那是為了掩飾害羞才說的！正常來說不可能那麼做吧！」
葉月用自己的手緩緩地撫摸著F罩杯的碩大隆起。
即使躺下來，那對胸部仍然抵抗了重力，保持著漂亮的碗狀。
「真是的，人家的胸部竟然有那種使用方式……而、而且最後你還直接在人家的胸部上……」
「哎呀，畢竟妳都允許我想怎麼做都行，所以就乾脆做到最後了嘛。被那種又大又軟的夾住，沒有男人不會做到最後的。」
「阿湊，你會不會看太多色情片了……？」

雖然她又瞪了一眼，不過湊其實不常看那類影片。

「我應該暫時不用看什麼色情片了。」

「等、等一下……難道你之後要回想剛才用胸部做的那個嗎？」

「雖然看內褲或是揉胸部之類的已經很猛了。不過老實說，剛才的那個實在超強的……」

「有、有那麼好嗎？雖然你開心就好啦……人家其實玩得有點愉快。」

葉月從床上坐起身，用手臂捧起F罩杯的胸部。

「那麼，要不要再給我吸一下呀？」

「你、你還要啊？」

葉月瞬間退到床鋪的後面——

「不、不是不可以……但、但是可以讓人家先擦一下胸部嗎？因為沾了很多東西黏黏的……麻煩拿紙巾過來。那邊有濕紙巾。」

「喔，這個啊……」

湊抽了幾張擺在床邊架子上的濕紙巾，遞給葉月。

「嗚哇……比想像的還要黏答答的。真是的，還被舔來舔去，弄得這麼髒……！」

「啊，我幫妳擦吧？」

「什麼幫人家擦……啊，你不是在擦，是在揉摸人家的胸部吧……現在根本就是在揉！」

「好猛啊～不知道該說是好軟還是好有彈性。」

「真、真是的……可不可以不要連清理的時候也玩得那麼開心啊？」

「就算妳那麼說，但是葉月的胸部又大又軟，揉多久都不會膩嘛。話說，我已經……」

「等一下，你又在吸了……！討厭，你是故意發出啾啾聲的吧！」

「呼……葉月的這邊真的好美味喔……」

「怎、怎麼可能有什麼味道……嗯嗯……！♡」

不知道湊現在是在擦胸部，還是把胸部弄得更髒了——

「啊嗚……嗯嗯……我、我們到底在做什麼啊？」

當湊退開之後，只見葉月晃著巨大的胸部，喘著大氣。

粉紅色的乳頭充滿濕濕的光澤，白皙的肚子與肚臍，以及底下幾乎被完全掀起的裙子，脫到一半的黑色內褲，雪白的大腿——

滿臉通紅的可愛臉蛋，紛亂的奶茶色長髮。

躺在床上的葉月葵實在太可愛、太煽情了。

「喂……你做得太過頭了吧？」

「是做得太過頭了呢。」

葉月狠狠地瞪了他一眼。

「雖然現在才問有點太晚了，為什麼妳要做到這種程度……就算我們是朋友……」
「你都已經做得那麼盡興了，現在才有疑問嗎？算了，該怎麼說呢——咦？」
「嗯？」
葉月坐起了身，望向地板。
湊也跟著看著那個方向。
「真、真難得……小桃竟然會出現在客人的面前。」
「喔，這是我第一次仔細看清楚小桃……！」
一隻棕色的蘇格蘭摺耳貓就坐在開著沒關的房間門口旁邊。
小桃正仰頭盯著床上的兩人。
「……是葉月發出奇怪的聲音，牠才會過來查看吧？」
「那又是誰害人家發出奇怪的聲音呀？」
「對呀，是誰呢……」
葉月又瞪了一眼，湊只好躲開她的視線。
「咦，等一下？我好像看過那隻貓……」
當湊再看了小桃一眼，便感覺腦中的某段記憶被喚醒了。
儘管同樣種類與毛色的貓看起來都一樣——不過小桃是一隻格外漂亮的貓。
牠有著高貴、看起來覺得自己很了不起——很像社交咖的女王所飼養的貓的風範。

這麼有特色的貓不可能會看錯。

湊他以前見過這隻貓——**甚至還抱起來過**。

「唉……你終於注意到了？」

「咦？葉月？」

葉月嘆了口氣，瞪了湊一眼。

湊再次望向小桃——感覺某種畫面又要從腦海中冒出來。

「雖然對人家來說是很重要的事，不過這下子就能知道對湊來說不是重要的事了。」

「什、什麼意思？」

「真沒辦法，就告訴你吧。小桃，**這位大哥哥是妳的恩人喔**。」

小桃「喵～」地叫了一小聲。

「春天的時候，小桃曾經逃走過。」

「逃走？」

當湊反問時，小桃再次叫了一聲。

「當時小桃有點感冒。人家把牠裝進寵物箱裡，帶牠去動物醫院。可是回家路上在公寓前時，差點被自行車撞到，人家手上的箱子不小心掉下來。小桃被嚇一跳就逃走了。」

「奇怪，那個故事好像有點熟悉……？」

湊用食指戳了戳腦袋，開始思考。

「人家於是聯絡媽媽一起到處找。我媽回到公寓時，剛好看到一個男生在那裡。當她問那個男生有沒有看到小桃時，他就馬上幫忙一起找。」

「……」

湊的記憶慢慢恢復了。

確實好像有過那麼一回事——

「到了晚上還是沒找到，媽媽覺得人家在外面會危險，就叫人家回家。不過那個男生還是一直幫忙找。直到深夜時，他在附近的公園找到了小桃，把牠帶回來。」

「……世上也有這麼親切的人呢。」

「親切過頭了啦。竟然會為了一隻別人家的貓到處找好幾個小時。」

「……」

在湊的認知中，那只是一次小幫忙，他幾乎已經忘記了那件事。

或許是因為他剛搬完家，即將展開高中生活，忙來忙去的關係。

而且，對於喜歡貓的湊來說，幫忙尋找失蹤的貓是再理所當然不過的事。

「去接回小桃和道謝的人都是媽媽。」

「……」

湊確實記得有一位漂亮的大姊姊向他道謝，還送給他點心。

對方看起來很年輕。直到現在，湊才意識到那位大姊姊是葉月的媽媽。

當時他應該聽到了「葉月」這個姓氏，但可能是因為那位姊姊太漂亮而忘記了。

「整件事情是人家不小心造成的，所以人家一直想著要向阿湊道謝。」

「……我到今天才聽說這件事耶。」

「其實人家還聽說了那個男生是和人家讀同一間高中的呢。」

「喂喂……」

湊從瀨里奈那裡聽說葉月曾講過「這棟公寓有一個和她同一所高中的學生」的事情，那句話的謎底也因此解開了。

原來是葉月單方面得知湊的事情。

「自從你幫忙找到小桃之後，人家一直沒有機會說謝謝……然後就越來越難說出口了。」

以社交能力很高的社交咖葉月來說，這還真是令人意外。

即使湊和葉月同班，但在春天的時候，他們完全沒有任何接點。

湊非常理解為什麼她會覺得難以搭話。

「但是呢——」

「唔？」

「從那時候起，人家就知道湊是個好人。」
葉月微微一笑地說。
「……那種事要說出來確實會很害羞，讓人不敢講呢。」
「喂喂，人家可是很努力說出口了耶！」
「抱、抱歉。開個玩笑嘛。不過被露出整個胸部的人講那種話也沒什麼好感動的。」
「還、還不是你要人家露的！」
葉月靠向湊，讓那對隆起彈了幾下。
「所以，人家從一開始就知道湊是個可以信賴的好人。」
「我只是擔心那隻貓而已。這不是理所當然的嗎？」
「不是每個人都會這麼做的喔。所以，當人家因為補考需要有人來教的時候，就想到這可能是和湊說話的好機會。如果是湊這種會幫忙找小桃的人來教，即使人家學習能力不好，應該也會鍥而不捨地努力教人家吧。」
「原來是這樣的原因啊……」
「反正都和湊成為了朋友，如果你有什麼請求……人、人家覺得都可以答應。」
對葉月來說，小桃是一位家人。
所以她會這麼信賴救了小桃的湊，也是很自然的事。
由於有了這層信賴，他們在學校才會成為好朋友，再一起遊玩，深化彼此的關係——

雖然說湊完全不知道那件事就是起因。

「可是喔！」

「又、又怎麼了？」

葉月的態度變來變去，讓人懷疑她是不是有情緒不安定的毛病。

小桃可能是因為被葉月大叫一聲嚇到，短短地喵叫一聲後跑掉了。

「啊，我還沒摸牠耶！」

「下次人家會讓你摸到飽的，前提是小桃要同意。」

「那好像是最困難的……」

小桃的心防似乎比牠的主人還要重。

「先別說那些了，阿湊。」

「什、什麼事？」

「人家不是要對瑠伽有什麼抱怨，但明明是人家先跟你變要好的，你卻一直想接近瑠伽。雖然人家知道瑠伽很可愛，是個乖孩子，會讓你起色心也不奇怪。」

「我哪有起色心……」

「你敢說沒有嗎？」

「好吧，沒錯，是有啦。」

從剛才開始，湊就因為葉月的氣勢而不自覺地用了尊敬的口氣。

「你要一下子就和瑠伽的關係變得比和人家還要好是沒關係啦。該說人家只是單純覺得沒辦法接受嗎……」

「就、就算妳那麼說……」

葉月的話聽起來邏輯亂七八糟的。

她似乎沒辦法處理自己的感情。

該不會——那就是所謂的嫉妒吧？

在朋友之間，嫉妒並不是什麼罕見的事。

看到自己的朋友和其他人變得親近時，常常會有人感到不是滋味。

這種情況即使在異性朋友間，應該也是一樣的。

「人家總是會擔心，有一天人家會被湊和瑠伽排除在外。像是看你們一起選電腦零件或一起做飯的時候……」

「不對不對，做飯那次是葉月自己不想加入的吧！」

「是那樣沒錯……然而吃到湊做的飯時，雖然很好吃，但人家就是會感到不安……」

葉月看起來似乎真的沒辦法接受。

但是就算被這麼說，湊也不知道該怎麼辦。

她之所以突然提議要蹺課，起因似乎也是湊的料理。

不……應該是——葉月有很多話想講吧。

「所以呢……**真的什麼都可以喔**。湊是人家最好的朋友，如果湊想要更多……」

「更多的意思是……」

湊仔細地看了看葉月。

雖然她用手臂遮住胸部，但那種大小是遮也遮不住的。

由於她敞開了襯衫，白皙的肚子也露了出來。

而剛才在床上動來動去，令她的裙子也掀了起來，黑色的內褲隱約可見。

湊不禁吞了口口水。

外表亮麗的美少女以幾乎是半裸的模樣——同意讓人為所欲為。

在這種狀況下，男人會想做的事——就只有一件了。

「欸、欸……葉月……」

「嗚……你、你的眼神很可怕喔，阿湊……」

「拜託了，葉月！一次就好——請妳和我上床吧！」

「就、就知道你會這麼說！」

葉月拉起被單，遮住自己的身體。

「可是，要說有什麼我想做的事——也就只有這個了吧。」

「是、是這麼說沒錯啦……嗚……阿、阿湊你……」

葉月將被單拉得更高，只露出半張臉。

「……人家從春天時就開始很在意阿湊。雖說你就住在樓下兩層樓，如果能一起玩會很棒……不過因為距離有點太近了，多花了一點時間才有辦法和你說話。畢竟儘管你是個好人，但我們不一定合得來。」

「……我也不是那麼了不起的人啦。」

「笨蛋～你想太多了。光是會那樣想就已經是個好人了。」

葉月輕笑一聲。

「再來就是一起玩會不會開心了。所以人家邀你和大家一起玩來確定這點……抱、抱歉，做了那種像在測試你的事。」

「不會……」

先不論身為男性的湊，葉月可是女生——而且還是漂亮得不得了的美少女。

要是隨隨便便接近男生，讓對方纏上自己就不好了。

「和阿湊玩很開心。而且你也用很輕鬆的態度對待人家……就、就算提出怪怪的要求，那也很好玩……回家後，家裡熱熱鬧鬧的感覺很不錯喔。」

「……要是因為有我在，讓葉月不會感到寂寞，那就太好了。」

「嗯，在家裡和小桃兩個人感覺寂寞時……如果有個三分鐘就能見到面的朋友，人家就安心了。」
葉月將臉探出被單，坐起身體──「啾」的一聲親了湊。
「阿湊搬來這裡真是太好了。如果是阿湊──人家可以答應你的要求喔。」
「啾、啾」，葉月又親了兩次。
「和阿湊做的事都讓人家很開心。所以只要你提出要求──人家都會答應喔。」
「……那麼，妳能讓我上嗎？」
「喂、別那麼急啦！」
葉月用從未有過的惡狠狠眼神瞪了湊一眼。
湊本來想開個玩笑來緩和這種讓人害羞的氣氛，結果卻被凶了一頓。
「可、可是喔……在這種情況下……那個……**為了安全**……」
「啊？啊，我知道了。」
湊聽懂她的意思了，於是下床從書包拿出某個東西。
「阿、阿湊……你有帶喔？」
「保、保險用啦……畢竟不知道什麼時候會用到，所以就放到書包裡……」
「喂……那個是要用在人家身上嗎？色鬼、大色鬼！」
「我說啊，買這東西很丟臉耶。我還特地騎腳踏車到很遠的便利商店去買。」
湊把那個小盒子擺在枕頭邊。

那是他在期中考前決定要做「準備」而事先買的。

要在便利商店的收銀台遞出這東西意外地讓人感到羞恥，於是他耍了個小聰明，拿了些沒有要的點心雜誌一起結帳。

「這、這盒放了幾個？」

「一盒十二個……吧？」

「這還沒開過嗎？全新的？」

「我本來想試戴一下，後來還是沒戴。」

「喔……」

葉月盯著那個盒子一會。

「人家再問一次，你是要用在人家身上……才買的嗎？」

「當、當然啦。」

湊連連點頭。

「喔……人家好像看到你背後有個黑色長髮的可愛女生，不過就當做是這樣吧。」

「妳、妳想太多了啦。」

「那麼，你可以保證把那十二個……全都用在人家身上嘛？」

「一、一口氣做十二次嗎？」

「又沒說要一次做完！」

「說、說的也是呢。那樣我會死啦。」
就算湊是個精力充沛的高中生，要做到那種次數也是不可能的。
「所以，總之確定會做到十三次……吧？」
「啊？數字不對吧？難道還要我教妳算數嗎？」
「不、不是啦。」
葉月瞪了湊一眼，然後拿起盒子——丟到地上。
「第、第一次時……人家也是第一次啦。」
「咦，第、第一次？」
「那當然啦。別看人家打扮那麼花俏——又不是每個人都很愛玩。」
「這、這樣啊。」
那個打扮俏麗，充滿辣妹風格的葉月竟然——
不過話說回來，畢竟她當時也是第一次接吻，於是湊便不可思議地接受了。
在這幾個月的來往中，葉月的身邊可以說完全看不到湊以外的男人。
既然葉月葵從未和別人交往過，也就理所當然地沒有「經驗」了——
「既、既然是第一次，那至少在第一次時……那個……直、直接來也可以喔……」
「真、真的假的？真的不用戴嗎……？」
「只、只有一次！只有一次喔！之後的十二次都得戴好……用完之後再想該怎麼辦。」

「…………」

用完之後再買就好啦——但是湊沒有特地吐槽她。

「葉月，一次就好……請、請妳和我上床吧……！」

「真、真拿你沒辦法……真的就一次喔？」

葉月的臉紅通通的，彷彿要噴出蒸汽。

「只有一次喔。因為人家……不是你的女朋友，是朋友而已喔？」

「…………」

就算和女朋友上床，戴套子也是基本禮貌，然而葉月的觀念似乎不一樣。

「是啊……」

「就這麼一次……人家想要你直接感受到人家。畢竟這是第一次嘛……」

湊抱住葉月，吻了上去——一邊搓揉著那豐滿的胸部，一邊將她壓在床上。

「嗚、嗚哇……已經晚上了嘛……！」

「呃，已經快七點了呢。」

「『快七點了呢』個頭啦！」

葉月大喊大叫著跑下床，撥開窗簾望向窗外。

時間已經進入深秋，因此太陽也理所當然下山得很早，外頭已經是一片黑。

「我、我們竟然做了這麼久……」

「話說葉月，妳至少穿件內褲吧？」

「咦？呀……！」

葉月急急忙忙地遮住胸部。

然而那Ｆ罩杯的沉甸甸隆起想遮也遮不住，還是可以看到可愛的粉紅色乳頭。

「不用那麼害羞吧？都已經看光光了。」

「那、那是兩回事！喂，那個先借人家！」

「嗯？這個就好嗎？」

湊撿起自己掉在床邊的制服襯衫，丟給葉月。

葉月立刻穿上襯衫，扣上幾顆鈕扣。

「……還滿大的呢。而且有男生的味道。」

葉月將有點大的袖口靠到嘴邊，嗅了幾下。

「當然啦，那又不是女生的。話說可以不要突然就聞起來嗎？」

「有、有什麼關係！人家是第一次穿別人的衣服嘛！」

葉月一邊反駁，又再次將袖子靠到嘴邊。

她該不會很喜歡湊的味道吧？

「啊，這可不是男友襯衫喔？」

「我、我知道啦。」

湊是朋友，不是男朋友，所以她穿的也不是男友襯衫。然而——

襯衫的前面幾乎是開著的，可以看到將近一半的胸部。

雖然那件襯衫對葉月來說有點大，不過下襬之下仍然可以看到雪白的大腿。

太長的袖子也顯得有點可愛。

明明剛才已經看透了葉月的身體，這副模樣仍然讓湊興奮起來。

「哇，好像踢到什麼……呃，這個被丟到這邊了喔？」

「啊，原來在那裡啊。本來還在想怎麼沒看到。」

葉月拿起剛才那個小盒子，看了看裡面。

「嗯………剩下十個……感覺好像很快就會用完呢……」

「撐不到一個星期吧。」

「……喂。人家可沒說每天都讓你上喔。」

「我、我知道啦，開個玩笑嘛。」

湊接住葉月丟出的盒子，收回書包裡。

「……喂，阿湊，你怎麼又拿了一個？」

「哎呀，我們爸媽回來前還有三個小時，以防萬一啦。」

「防什麼萬一啦！今天已經不能再做了！感覺好像還在裡面……」
葉月靠著床鋪坐在地板上。
「感覺好猛喔……剛開始的那次人家已經完全不記得了……」
「我也不太有印象……只記得……舒服到不行。」
「老實說很痛……人家真的流眼淚了。」
「抱、抱歉啦。不過葉月也說不用在意繼續下去嘛。」
「那、那種時候還能怎麼說！要是人家說太痛要你停下來，不是很尷尬嗎！」
「真的很對不起啦……」
不愧是社交咖，很重視場面的氣氛。
當然湊也知道葉月很痛，但因為太過舒服，讓他實在忍不住。
葉月突然驚覺什麼似的抬起頭，猛力掀起被單。
「……啊，對了。該不會……」
「嗚哇……這不洗會出事吧……」
只見葉月的床單上沾了各式各樣的液體，還有——
「原、原來流了這麼多血……難怪會痛……」
「……我只顧著自己舒服，真的很抱歉……」
「等、等一下。你那樣一直道歉，不就像是人家做了什麼壞事嗎？嗚、唔……剛開始那次是會痛啦，但是後來……而且後面的兩次人家也很……」

「一直爽對吧？」

「你太不體貼了！」

葉月把枕頭砸了過去。

不愧是擁有卓越運動神經的人，那顆枕頭精準擊中了湊的臉。

「人家明明說只能做一次，結果你……做、做了三次……阿湊未免太飢渴了吧！」

「等、等一下。第三次時是葉月妳抱著我說：『再一次也可以喔……』吧！」

「人、人家不記得了！應該說你該忘掉吧！果然是個不體貼的傢伙！」

葉月撿起剛才丟出去的枕頭，「啪啪啪」地槌打湊的胸口。

「討厭……這個男人真是笨蛋！這個應該早點拿去洗吧。」

「是我弄髒的，我來洗吧？還是要拍起來當紀念？」

「笨、笨蛋！這種東西直接丟掉啦！」

葉月漲紅了臉，猛力拆下床單捲成一團。

「喂喂，丟掉太可惜了吧？這可是充滿回憶的床單耶。」

「別在床單上找回憶啦。不過……還是洗一洗繼續用吧。」

「就這樣吧。那麼換完床單之後——可以再做一次嗎？」

當湊看著葉月時，那種心癢難耐的感覺又湧上了心頭。

也許這兩個人只要待在床上，不管做幾次也停不下來吧。

「……只能做一次喔？這回真的就只能做一次……然後去吃飯吧。這麼一說，我們還沒吃中飯呢。」

「啊，對喔。」

結果今天他們幾乎不吃不喝，全都在床上度過。

雖然沉迷於其中的湊不斷需索著葉月，但體力也差不多到達極限了。

連湊自己也沒想到，他竟然會如此飢渴。

「欸，阿湊，在那之前——再親人家一下吧。」

「既然妳這麼要求，我也不好拒絕啊。」

「笨蛋。」

湊緊緊抱住假裝生氣的葉月，吻了上去。

他有所自覺，自己是在對這位可愛到極點的女性朋友撒嬌。

而且……

就算是因為小桃的事——

只要提出要求，就能做到這種地步的葉月也讓他感到很不可思議。

在體認到今天發生的事棒到不行的同時，湊也心生一個疑惑。

這位女性朋友的身上，可能還藏有什麼他所不知道的事——

9 還不能拜託第二位女性朋友

可愛的臉頰漲得鼓鼓的。

坐在旁邊的黑色長髮清純美少女從剛才開始就一直沉默不語。

「那個……瀨里奈同學？」

「……你對葵同學是直呼名字吧？」

「瀨里奈同……瀨里奈。」

「有什麼事嗎，湊同學？」

「差不多可以請您別再生氣了好嗎，大小姐？」

「別叫我什麼大小姐。而且我的心情本來就不差。」

「…………」

真的嗎？湊心中這麼想著，但沒有隨隨便便就吐槽她。

就在他蹺了一整天的課，並且請葉月實現他那巨大願望的隔天——

今天，瀨里奈一直到放學時心情都很差。

離開學校後，湊鼓起勇氣邀請她去咖啡廳，而她也答應了。從這點來看，她應該沒有那麼生氣才對……

「啊，這杯抹茶拿鐵好好喝喔。」

「是啊，畢竟這家店價位有點高呢。」

兩人坐在靠牆的吧台位置，湊點了一杯冰的咖啡歐蕾，瀨里奈則是點了抹茶拿鐵。

這是一家消費水準有點高的咖啡廳，看不到同校的學生。

湊不想讓其他學生看到他和瀨里奈獨處的樣子，所以選了這家店。

「不知道好喝的抹茶拿鐵能不能讓她心情好一點……」

「我聽得到喔。就說了，我沒有生氣。只是覺得你和葵同學單獨跑去玩，想必玩得很開心吧？」

「…………」

感覺就像花心的男生被責備似的。

葉月今天放學後似乎要和女生們出去玩。

那傢伙根本是每天都在玩嘛，卻只有我被瀨里奈責備，未免太不公平了——湊把接二連三湧上心頭的話吞回了肚裡。

「我不是有意要把瀨里奈排除在外的喔，那應該說是順勢而為吧。」

「……如果你也邀請我，我也許會第一次蹺課呢。」

「那、那樣的話不太好吧？如果是我或葉月也就算了，怎麼可以讓瀨里奈這個好學生蹺課——」

「我才不是什麼好學生喔。倘若我是好學生，就不會讓湊同學做出那樣的事情……」

瀨里奈的臉色一下子變得紅通通的。實在太可愛了。

湊也不禁回想起之前觸碰瀨里奈胸部時的感觸，努力壓制住興奮的情緒。

「那、那個……前陣子買的電腦零件怎麼樣了？」

「你是不是想討好我？」

「不，不是啦，畢竟我也喜歡電腦，對這些有興趣。」

雖然他提起似乎是想討好瀨里奈的話題，不過他確實對瀨里奈的電腦有興趣。

「因為最近有考試，還沒有裝起來。有些零件我想稍微再挑選一下。」

「對了，妳之前說要從舊電腦裡拿一些零件來用，結果有些依舊得買新的呢。」

「嗯，看來最後可能會全部都換掉。」

「真是講究。」

湊不由自主地露出苦笑。

眼前這個清純的大小姐和自組電腦這種興趣實在很不搭。

「雖然我家的電腦玩傳說時可以正常運作，但還是有幾款遊戲跑起來速度會很慢呢。」

「對喔，你用的是筆記型電腦吧。如果想玩很吃資源的遊戲，還是桌上型電腦比較划算。在筆記型電腦上追求高性能的話，價格就會……」

「是啊，雖然會有擺放空間的問題……但乾脆請瀨里奈給我建議，組一台高性價比的遊戲用桌上型電腦吧。」

「如果有問題，隨時可以問我！要是有需求，我還可以提供多餘的零件——等等，你是在用我喜歡的話題來討好我吧？」

「沒、沒有啦，我真的想要一台電腦。」

「難道用現在的筆電沒辦法剪輯葵同學的色情影片嗎……？」

「為什麼要以我會拍朋友的色情影片為前提啊！」

「咦？不、不是嗎？」

「我還沒那麼做過……」

看來瀨里奈有著天大的誤會。

更令人驚訝的是，她明明知道湊喜歡玩遊戲，卻還以為他的電腦最主要是用來剪輯色情影片。

「我以為男生都會蒐集自己喜歡的影片，拿來剪輯呢……」

「瀨里奈，我已經搞不懂妳到底是對男女的事一竅不通，還是很了解了。」

湊可沒有拍攝真人女性的嗜好。

可以說就是因為葉月隨時都在身旁，讓他沒有必要特別看別人的影片。

「不是啦。我是真的要拿來玩遊戲的。而且聽說玩傳說時，電腦性能越好的人就越有利。」

「喔，是啊。你是指畫面更新率的問題吧。但是螢幕也會有影響，只有電腦性能好也是

——不對，別再聊這個了。」

「……妳真的沒生氣嗎？」

「我很少生氣喔。」

就是因為如此，湊才會想討好看起來很不開心的瀨里奈。

雖然湊想這麼說，但他也不願火上加油。

「你蹺課時和葵同學……做、做了這種事嗎？」

「什麼事……喂、喂！」

瀨里奈突然低下頭，讓湊也跟著將視線往下移動。

只見瀨里奈將吧台桌子底下那條長度及膝的裙子拉了起來。

裙襬緩緩地往上滑，露出白皙纖細的大腿——

「等、等一下，這樣不好啦。」

湊下意識地望了望四周。

店裡的客人很少，吧台這邊沒有其他人。

然而，誰也不知道等一下會不會有其他客人坐到他們旁邊。

「雖、雖然這樣很害羞……但我想確認一下湊同學你們做了些什麼……」

接著她繼續拉高裙子，這次則是輪到白色的內褲也稍微探出頭。

那條以光滑白色蕾絲布料織成的內褲幾乎隱藏在裙子底下，這種感覺格外地色情。

湊就這麼在有其他客人的咖啡廳裡，看著滑嫩大腿與清純白色內褲的組合——

如此異於平常的狀況，讓他感到特別興奮。

「你、你又讓葵同學……給你看內褲了嗎？」

「我、我承認！我承認叫她給我看內褲，拜託饒了我吧！」

「好、好的……！」

瀨里奈迅速放下裙子，遮住內褲與白皙的大腿。

老實說，他還想多看一下，但再怎麼說都得挑選時間與地點。

「妳做了什麼啊，瀨里奈？每次都讓我大吃一驚耶……」

「對、對不起。」

這位乖巧的同學內外差異之大，令人相當意外。

就像在公園脫掉運動短褲那樣，她這個人搞不好比葉月還要大膽。

「既然你已經承認……那、那我就不生氣了。」

「妳果然在生氣嘛。」

湊隱約有種自己一直在占便宜的感覺。

現在像這樣在外面——在這種情境下看以前瀨里奈給他看過的內褲，感覺實在色情過頭了。

「說的也是……對瀨里奈隱瞞事情不太好。我們畢竟是朋友嘛。」

「朋友……是啊。對，我們是朋友，所以希望你能跟我坦白。」

「我、我知道了。」

湊呼了一口氣。

「看來還是乖乖認命比較好。我們畢竟是朋友……」

「咦？難道還有什麼事嗎？」

「啊，等等，先等我一下。」

湊拿出手機快速操作了幾下。

雖然有點預料到會如此，但**回應果真很快就來了**。

「好，那我們走吧。」

「去哪裡？」

「去我家啊。」

湊一口氣喝完冰咖啡歐蕾，站了起來。

瀨里奈也已經把抹茶拿鐵喝完了。

「咦？但、但是，突然去湊同學的家……不，也是可以啦……」

「不是，我沒有什麼奇怪的用意。我的意思是先到我家，然後去葉月家。」

「咦？咦？可是，今天葵同學不在呀……你有備用鑰匙嗎？」
「是沒有備用鑰匙……不過妳看。」
湊再次拿出手機，把畫面顯示給瀨里奈看。

湊：「可以告訴瀨里奈我家在哪裡嗎？」
葉月：「ＯＫ。」
葉月：「差不多沒辦法再瞞下去了。告訴瑠伽沒關係。」
葉月：「還剩七。」

「……還剩七是什麼意思？」
「那、那個不用在意。」
她當然指的是湊買的那一盒十二個的東西剩下的數量。
他們已經用了好幾次，今天早上也用掉一個，所以剩下七個了。
葉月大概是在提醒他，不能忘了要全部用在葉月身上吧。
湊帶著一臉困惑的瀨里奈離開了咖啡廳，走了一段路後——
「就是這裡。」
「咦？這裡不是葵同學的公寓嗎？」

「是沒錯……」

湊苦笑著走在前頭，進入入口大廳。

瀨里奈則是困惑不解地跟在後頭。

正常來說，一般人這時也該發現了。然而這個少根筋的女孩卻似乎仍完全沒有發現。

總之百聞不如一見，把實物展示給她看會比解釋更快。

而且如果瀨里奈能來家裡，對湊來說**正好**——

「這、這裡真的是湊同學的家啊…………！」

「對不起，我一直瞞著妳。」

把瀨里奈帶到湊家的客廳，端上茶之後，她這才終於有了實感。

雖然剛才在咖啡廳喝過飲料，但如果不提供飲料給第一次來的客人，也是會讓人不好意思。

「我知道瀨里奈不會到處宣傳，但我還是對周圍的人保密了。如果班上的同學知道我們住在同一棟大樓，可能會引起奇怪的聯想。」

「說、說的也是……那是當然的。」

瀨里奈似乎立刻理解了。

雖然他們如今已經成為被懷疑也莫可奈何的關係，但是他們將來也不打算向周圍的人公開湊家與葉月家的位置關係。

「畢竟這也不是可以隨便說出去的事。但對瀨里奈還是很抱歉。」

「沒、沒關係……我真的不介意。原來葵同學說班上有人和她住在同一棟公寓，是指湊同學啊。」

「其實我也是很晚才發現的。」

即使是住在同一棟公寓，也有不少人幾乎不會碰面。

若不是小桃的失蹤事件，他們可能會一直都沒有接點。

「喔……既然住得這麼近，就可以隨時來玩了呢。」

「是啊，差不多就是這樣。畢竟我和葉月家的父母都很晚回家。」

「葵同學其實是個很怕寂寞的人呢。小桃雖然很可愛，但只有兩個人還是會感到寂寞的。」

「確實是這樣。」

看來瀨里奈已經察覺到葉月不太想讓人知道的一面了。

不知道她究竟是遲鈍還是敏銳？這位大小姐實在讓人摸不著頭緒。

「事情就是這樣。葉月那邊會找個藉口跟朋友道別，然後過來跟我會合。在那之前請先等一下。」

「那……那個……我可以問一個問題嗎？」

「嗯？」

「湊同學，你會用電腦玩遊戲吧？可以讓我看一下嗎？」

「喔，妳有興趣啊。好啊，那就來我的房間吧？」

「好的，打擾了。」

湊和瀨里奈拿著飲料杯，移動到湊的房間。

這是第二次有女生來這個房間——哎，搬來這個公寓時，湊從來沒有想過會有女生來到自己的房間。

而且還是繼葉月後，又一位可以冠上「超級」二字的美少女——

「不過話說回來，我的電腦規格也沒什麼大不了的。」

「別人的電腦總是會讓人想摸一摸嘛。」

「是這樣嗎？要不要玩玩看遊戲？」

湊雖然心裡感到緊張，但還是努力地不顯現在外表上。他動了動桌上的滑鼠，喚醒進入休眠狀態的筆記型電腦。

要玩的遊戲如往常一樣，是熱門ＦＰＳ「傳說英雄」。

「其實我也玩過幾次這款遊戲。順便拿來對電腦做效能測試。」

「喔，那就讓我瞧瞧妳的本事吧。」

所謂的效能測試，就是故意給電腦施加負荷以測試其性能。

由於傳說英雄是一款相對吃資源的遊戲，因此常被用於效能測試。

喜歡電腦的瀨里奈有這款遊戲的帳號也不足為奇。

瀨里奈熟練地操作鍵盤和滑鼠——

「啊，好像贏了。」

「太太太太太太太太太太強啦…………！」

螢幕上顯示出大大的「CHAMPION」字樣。

瀨里奈以冷靜的操作，一個接一個地擊倒敵人，帶領隊伍活到了最後。

「妳怎麼這麼厲害……！」

「咦、咦？我只是偶爾玩玩而已啊。」

「妳是天才嗎！」

湊的情緒一落千丈。

「連戰術也用得相當專業……妳真是貪婪地追求勝利呢，瀨里奈。」

「咦？追求勝利還需要什麼理由嗎？」

「……沒有。」

看來在玩遊戲的態度上，湊和瀨里奈有所不同。

這位看似乖巧的瀨里奈，對勝利竟然如此貪得無厭，實在讓人很意外。

「啊，不過我其實完全是玩得開心就好的那種人啦。」

「玩得開心就好……我每天都在玩，結果技術還不如瀨里奈……」

「對、對不起。」

被這麼道歉反而會讓人更傷心，但瀨里奈看起來真的覺得非常抱歉。

情緒低落的湊不由自主地盯著地板看——

「……咦？」

瀨里奈是玩遊戲時身體會不自覺動來動去的那種人，所以她的裙子有些凌亂。

「怎、怎麼了嗎？」

「這麼一說，瀨里奈妳剛才只穿著內褲吧？」

「只、只穿內褲——拜託不要現在才注意到啦。」

瀨里奈紅著臉，快速按住自己的裙子。

「運動短褲已經送給湊同學……所以我現在沒穿了。」

「如、如果是那樣，妳可以改穿安全褲或短褲之類的呀……」

「那類褲子還是不太適合我……啊，不過我稍微加長了裙子的長度喔。」

「咦，是嗎？」

湊完全沒有注意到。

瀨里奈的裙子原本就是及膝的長度，相對其他女生來說也是比較長的。

就算稍微加長了一點，遲鈍的湊也不可能注意到。
「這樣的話，即使是從樓梯下面往上看也不會被看到，應該也不容易被風吹起來。」
「唔……但是說不定會因為什麼原因被看到，還是穿一下比較好吧。」
「沒關係的，我很小心。不會讓湊同學以外的人看到……」
「…………」
湊感到困惑，不知道瀨里奈為什麼只讓他看到。
能想到的唯一理由就是「因為是朋友」，但即便如此，瀨里奈也太大膽了。
「湊、湊同學，你喜歡短的裙子嗎？如果是這樣，我也可以改短……」
「不不不，只穿內褲再配上短裙太危險了吧！長裙也不錯啊。哎呀，只有我能看到瀨里奈平時被長裙遮住的大腿！這讓我很高興喔。」
「湊同學還會詳細解釋呢……」
「嗚，我到底在胡說什麼啊……」
「沒、沒關係。我這種人的大腿能讓你滿意的話……那、那就請看吧？」
瀨里奈的那句話讓湊用力地吞了口口水。
「還是說剛才已經看過了，今天就──」
「不，我想看！不管看過幾次，我都想看瀨里奈的內褲！而且剛才只是稍微瞄到一眼，我想看得更清楚！」

「我剛剛說的好像是大腿……不、不過要看內褲……也、也是可以啦……」

看到毫不猶豫直接讓慾望脫口而出的湊，瀨里奈露出有點傷腦筋的表情。

「我想請妳用吊人胃口的方式一點一點給我看大腿和內褲……！」

「你、你要求得真詳細呢……像、像這樣嗎……？」

瀨里奈站起身，緩緩地拉起格子紋的及膝裙子。

雪白苗條的大腿露了出來，緊接著是絲質的白色內褲──

「討、討厭……不要盯得那麼用力啦……」

「再、再稍微……讓我看仔細一點……」

湊情不自禁地將臉靠向清純少女的可愛白色內褲。

他的鼻子幾乎要碰到內褲了──

現在的情況與在咖啡廳時那種危險的驚鴻一瞥截然不同，極近距離的美少女內褲讓他興奮不已。

「呀啊……」

瀨里奈一屁股跌坐在床鋪上。

不過她仍然將裙襬拉得高高的。

「討厭……湊同學，你的臉鑽到裙子裡……呼、呼出的氣都碰到我了……」

「抱、抱歉。再一下，再一下就好……」

湊毫不客氣地將臉鑽進瀨里奈的及膝長裙裡，直直地注視她的白色內褲。

遺憾的是，湊不是什麼聖人君子，看到這種畫面之後根本把持不住自己。

「……啊，內褲已經……嗯……那、那個……湊同學……」

「喔、嗯。」

「啊嗚……你完全沒在思考了……那個……湊同學？那、那個……要是內褲再被你看下去，我會覺得很害羞……可不可以換點別的……」

「咦，真的假的……？」

「是、是的……那個……雖然會讓人太害羞的事不行……」

「那、那麼……接、接吻之類的呢？」

「接、接吻嗎……好、好的……那個……像這樣嗎……」

「…………！」

坐在床上的瀨里奈緩緩地將嘴唇貼上了湊。

瀨里奈的動作一點也沒有猶豫。

湊一邊對瀨里奈的大膽感到吃驚，一邊被嘴唇的柔軟逗得更加興奮。

「嗯……啾♡只、只有這樣還不夠吧……」

「喂、喂……嗚喔！」

瀨里奈「啾、啾」地做出更大膽的吻——

「嗯唔唔……嗯♡」

「…………！」

瀨里奈的舌頭滑入了湊的嘴裡。

溫熱柔軟的舌頭在湊的口中來來回回地翻攪。

「嗯、啾啾♡嗯嗯……嗯唔、嗯、啾……♡」

瀨里奈沉醉不已地吻著湊，還用伸出的香舌纏上湊的舌頭。

這位黑髮清純美少女竟然一下子就做出這麼大膽的吻。

而湊被瀨里奈的氣勢給壓倒，也因為瀨里奈的柔軟嘴唇與炙熱舌頭太過舒服，想逃也逃不了。

不對，這種情況簡直就像湊被瀨里奈硬上似的。

「啾、啾♡嗯、啾嚕……湊同學……嗯、啾♡」

「喂、喂……不用吻得那麼深也沒……嗯……」

「咦？」

雖然瀨里奈彷彿要打斷湊的話似的再吻上去，不過聽到這句話的她立刻退開了嘴唇。

「親、親吻不就是這樣子嗎？電影裡都是這種感覺……」

「不不，電影裡也有比較輕的吻吧……」

「可、可能是吧……」

瀨里奈的臉瞬間漲得通紅。

「不、不好意思……可、可是……既然已經看過內褲，我覺得這種程度的深吻會讓湊同學比較開心……」

「啊、沒關係啦！不用道歉！瀨、瀨里奈，妳的吻超棒的……」

「太、太好了……那麼再一次就好……啾♡」

瀨里奈再次嫣然一笑，「啾」的一聲做了個輕啄般的吻。

雖然她嘴上說再一次就好，實際上卻是貼上他的唇，一吻再吻——

「啊……雖然我是第一次……不過接吻原來是這麼厲害的事呢……」

「第、第一次？第一次就做那麼激烈的吻……？」

「對、對不起……明明是第一次卻做出那麼不要臉的行為，實在對不起……」

「啊，就說不用道歉啦。而且妳也讓我舒服到不行。」

「能讓朋友感覺舒服……我、我好開心。」

這位黑髮美少女的嘴實在是讓人舒服到了極點。

而且沒想到竟然還能得到清純的瀨里奈的初吻……

「我想專門對接吻下功夫……畢竟我的胸部大小輸給葵同學……」

「不用在意那種地方啦。」

「……我還在意其他地方喔？」

「咦？」

瀨里奈輕輕摟住湊的手臂，接著——

湊與瀨里奈的位置瞬間互換，只見湊臉朝上地倒在床上。

「咦、奇怪？剛才是怎麼回事？」

「這是簡單的防身術。雖然我沒什麼力氣，但只要靠扭腰的力道，連男人都能拋出去。」

「……妳有太多讓人意外的才能了吧。我連什麼時候被拋的都不知道。」

他只覺得自己的身體瞬間飄起來，但是不會痛。

「你可以告訴我……昨天和葵同學蹺課後做了些什麼嗎？」

「這、這個……」

「我也想成為湊同學的朋友，所以也想玩和葵同學一樣的遊戲……」

「…………」

瀨里奈恐怕已經察覺到湊和葉月昨天做了什麼事。

是在來到這個房間後察覺的嗎，還是——在更早之前察覺的呢？

「哎呀，但是，我是拜託葉月……那個……一點點……」

「一點點？你們做了什麼一點點？」

不知不覺間，瀨里奈靠得越來越近。

看來已經逃不掉了。

「我、我拜託她讓我上床……啊，很差勁對吧？」

「上、上床……！這、這樣啊。」

聽到這個詞，連瀨里奈也漲紅了臉。

她應該正具體地想像自己的兩位朋友蹺課不上學，在家裡做什麼吧。

「不、不過……決定差不差勁的是葵同學……還有我。」

瀨里奈脫去西裝外套，「啪、啪」地開始解開白襯衫的扣子。

從襯衫的間隙，可以窺見白色的胸罩與大小勻稱的胸部溝壑。

「我不覺得有什麼差勁的……而、而且若是被那樣拜託……那就一定沒辦法拒絕。因為我和葵同學一樣，有想和最喜歡的朋友玩的想法……」

「……我、我也可以……拜託瀨里奈嗎？」

「是、是的……」

「其實，我從一開始就**有件事想拜託瀨里奈……**」

「咦？什麼事……？」

「哎，那不是什麼難事，之後再說吧。」

湊的話才剛說出口，就心想「糟糕」。

好不容易聊到有這麼好的氣氛，結果他卻不小心多說一句。

若是因為這點而讓瀨里奈改變心意，那就麻煩了——會非常麻煩。

「湊同學想拜託的事情不會很困難喔……對我來說是這樣。」

害羞的瀨里奈露出微笑說道。

看來，還有挽回情勢的機會。

「我、我可以……再、再看一次嗎？」

「好啊。」

湊稍微拉下白色的胸罩，讓可愛的粉紅乳頭露了出來。

「瀨里奈的也很大呢……」

「我、我的……好歹也有……D、D罩杯……」

「有、有那麼大啊。」

即使不及F罩杯的葉月，那也很大了。

聽到具體的尺寸後，湊已經興奮到極點。

「不、不過……今天不會只是看看胸部就好吧……？」

「可能沒辦法只看看就行……不過瀨里奈，我先把這個——」

湊的臉一點一點地靠近瀨里奈的粉紅色乳頭，嘴唇則是往那邊——

「只要稍微移開視線，這個男人就會立刻跟別人好上呢。」

「……葉、葉月……？」

「葵、葵同學……！」

「嗨，阿湊，瑠伽♡」

湊和瀨里奈見狀，立刻跑下床鋪──

轉身面對站在眼前的那位打扮亮麗的辣妹美少女。

「喔……也就是說還是一樣剩七個吧？」

「七個？這麼一說，剛才妳在ＬＩＮＥ上也說這種話……」

坐回床上的瀨里奈愣了一下，疑惑地歪著腦袋。

湊則是默默地點頭如搗蒜。

他總之先將兩人之所以單獨待在這裡的來龍去脈向葉月做了說明。

「下次我會買好瀨里奈用的……」

「這傢伙根本幹勁十足嘛！」

「不過，既然葉月會仔細計算數字，如果要用在瀨里奈的身上，還是準備各自的會比較好算吧？」

「是這樣沒錯，但人家在意的不是這個！而且說起來，你什麼時候開始直接稱呼瑠伽的名字了？」

「都已經看了胸部和內褲，還稱她同學不會很奇怪嗎？」

「和阿湊說話的時候，感覺腦袋都會變得很怪，不知道什麼才是正確的了……」

「會嗎？」

湊覺得自己是很正經地面對兩位女性朋友的。

因為那兩位女性朋友都願意聽自己的要求。

「好奇怪，是人家有問題嗎？唔……越想越混亂了。」

「妳還好吧，葵同學？」

「妳也是害我混亂的人喔，瑠伽。不過呢，唔……算了。反正今天還是維持七個。」

「剩下的七個我也會努力使用喔。」

「反正那七個在今明兩天就會……不是啦，我已經搞懂了！就是你們兩個想偷偷私下玩吧！」

「……讓我說句話，昨天葵同學和湊同學不就是兩個人偷偷玩嗎？」

「喔，瑠伽妳很會說嘛。不過妳說得沒錯。這樣我們就扯平了。」

「是、是的。扯平了。」

葉月向床上的瀨里奈伸出手，瀨里奈也以同樣的動作與她握手。

湊已經和葉月跨過那條線，和瀨里奈還沒有——所以也不能說是扯平。

不過，湊當然不會做出吐槽那種火上加油的行為。

「嗯～畢竟瑠伽這麼可愛嘛。也難怪阿湊會想拜託她。」

「呀啊，葵、葵同學……！」

葉月將瀨里奈拉下床，「啾、啾」地親著她的臉頰。

「好可愛～♡可愛得讓人家也感覺怪怪的了。」

「先、先等一下，葉月！我也要親！」

「為什麼啊？」

雖然葉月露出傻眼的表情，不過對湊而言，只憑剛才那種深吻還無法滿足。

他會想用嘴唇品嚐瀨里奈柔嫩臉頰的觸感，也是理所當然的。

「真是的，真拿你沒辦法。那麼，你可以親了。」

「這需要葵同學的允許嗎……嗯嗯……」

湊捧起瀨里奈的臉頰親了上去，還想要吸起那副朱唇。

當他充分地品嚐過那份柔軟之後——

「啊，喂♡沒說能親人家耶——嗯嗚嗚♡」

他緊接著親了葉月，以同樣的方式用力吸著唇瓣，細細地品嚐。

在盡情品嚐過兩位美少女的嘴唇之後，湊鬆開了他的唇。

「呼哈……你、你親人家的時間比瑠伽還久耶……」

「不，我那次比較激烈……」

這是在爭什麼啊——雖然湊差點就要吐槽，但為了和平，他覺得還是別多嘴比較好。

「不管是哪邊的嘴唇都超棒的。從今以後我可以隨意親妳們兩個嘍。」

「我們什麼時候同意過那種事了？」

「不、不知道……湊同學意外地很強硬呢……」

「如果是那樣，人家就要你說明比較喜歡誰的嘴唇喔？」

在葉月與瀨里奈兩位美少女的強烈目光注視之下——

「妳們兩人的嘴唇都是最棒的，而且葉月和瀨里奈都很可愛嘛。」

「回答得真乾脆……不過看在回答的速度很快，這次就放過你吧。」

這不僅是他的真心話，也是能讓場面圓滿落幕的說法。

不對，這句話原本應該會讓場面變得更糟糕才對，但這位外表亮麗的女性朋友似乎不在意。

「不過就算人家和阿湊覺得沒問題，瑠伽也無法接受吧？」

「沒、沒有那種事……」

看來她們兩人並沒有扯平。

世上沒有對湊那麼剛好的事。

「那麼，執行人家之前那個計畫的時候就來了呢。」

「啊？之前什麼計畫？」

湊這時終於不由地吐槽了。

「人家不是和阿湊說過嗎？下次就去吧。」

「去？去哪？」

「人家一開始是打算和阿湊去，現在得加上瑠伽才行呢。所以——我們就去遊樂園（童話世界）玩，在那邊住一晚吧！」

10 只要拜託，女性朋友隨時都有求必應

Onna Tomodachi ha Tanomeba Igai to Yarasete kureru

平日的童話世界遊客比預想的還要少很多。

當然，各種遊樂設施前都還是大排長龍——

「這個設施是新的呢。人家也是第一次玩♡」

「看起來有點恐怖，不過我很期待喔♡」

兩名少女正興高采烈地在湊面前聊天。

她們似乎覺得排隊的時間也很有趣。

葉月葵穿著藍色的西裝外套，搭配粉紅色的開襟毛衣和格子迷你裙。

瀨里奈瑠伽穿著同樣的藍色西裝外套，配上米色的套頭毛衣和及膝的格子裙。

總之，兩人都是穿著制服。

穿著制服去玩是葉月的提議。

一般來說，高中生在平日去遊樂園遊玩並不會引人注目，但特地穿著制服去玩便確實有些奇異。

這簡直像是穿著制服來約會。但葉月主張制服最能代表他們平常的自己，因此特別希望

這樣穿。

對於湊來說，如果只是穿制服，那倒沒什麼問題——

「話說阿湊，你真的不考慮戴一下嗎？」

「一定很適合你喔，湊同學。」

「葉月，別在那邊壞笑。瀨里奈也是，妳的嘴角都翹起來了。」

湊一臉不情願地這麼說之後，葉月和瀨里奈互看了一眼，咯咯地笑了出來。

「算了，就放過阿湊吧。我們兩個是不是很適合這個呀？」

「雖然一開始有點害羞……不過挺好玩的。」

葉月和瀨里奈頭上都戴著貓耳造型的髮箍。

這是模仿童話世界的主要吉祥物，長有翅膀的貓「飛翼貓」耳朵的商品。

在遊樂園裡，可以看到許多十幾歲的女孩戴著這種髮箍。

葉月一進場就立刻買了這個，還硬是幫瀨里奈買了一個。

由於戴這個髮箍的大多是女性，湊沒有膽量戴上它。

不過——

「穿制服再戴這個髮箍，未免太作弊了吧……」

「嘿嘿，對吧對吧♡」

「啊、啊哈哈……好害羞喔……♡」

在平常就能看到的制服上加入非日常的元素，真是太棒了。
如果這兩人穿便服出來，想必也一定會超級可愛，但穿制服確實是正確的選擇。
「畢竟排隊的時間很長嘛，得用可愛漂亮的打扮提升情緒才行！」
「葵同學平時的情緒就很高昂喔。」
「今天是特別的啦。反正我們不是情侶，就算排隊時間長也不會煩躁，不受童話世界的魔咒影響。」
「這種地方果然還是和朋友們來最開心呢。」
兩人嘻嘻哈哈地說著。
葉月的情緒一向如此，但瀨里奈也因為情緒高昂，變得格外可愛。
雖然湊無法像她們一樣用打扮提升情緒，但光是看著這兩人可愛的模樣，心中就滿是興奮，完全不會有煩躁的感覺。
他曾和這樣的兩人接吻，看到她們的內褲，更得以玩賞她們的胸部——
至於葉月，湊甚至還拜託她讓自己做到最後一步。
這兩人——都是足以讓經過旁邊的人們，特別是讓男性回頭多看一眼的美少女。
如今湊能和這樣的兩人一起玩樂，而且今天還穿著制服在童話世界遊玩。
我可以這麼幸福嗎——湊幾乎要懷疑起這到底是不是現實。
然而，這的確是如假包換的現實。

湊他們享受了一個又一個的遊樂設施——

「人家有好一段時間沒來童話世界了，不過今天是最開心的一次。」

「我也覺得比第一次來的時候還要好玩。」

「瑠伽剛才說她是第一次來，但看起來也很享受呢。真是太好了。」

湊和葉月並肩坐在長椅上，喝著飲料。

他們正等著瀨里奈上完廁所。

「嗯——其實人家也有點擔心。」

「擔心什麼？妳是指學校的事嗎？」

三個人都是趁著平日蹺課來玩的。

湊以家裡有法事為藉口，葉月撒了個「要和男朋友過夜約會♡」的謊，瀨里奈則是很普通地用感冒為理由請假。

班上的同學也都知道最近他們三個人關係很不錯，可能有人會有所懷疑，但湊他們打算堅稱這是偶然。

即便是那些懷疑的同學，也應該不至於想到他們三個人會蹺課去玩還住飯店吧。

「先不提人家那邊，瑠伽的家裡那邊倒是會有點讓人擔心，不過應該沒問題吧。就算事情曝光，我們這邊也是男女三個人嘛。」

「事實上我們就只是出去玩啊。」

「沒錯沒錯♡只是去玩而已♡」

葉月露出別有深意的壞壞笑容。

「但人家擔心的不是這個，是在擔心阿湊你呀。」

「我？就算我爸知道我跑出去玩，應該也不會在意吧。」

「哎呀～阿湊你啊……」

「嗯……？」

「人家是在擔心你會不會因為太期待今天晚上可以吸到人家和瑠伽的胸部，玩遊樂設施時就不專心了♡」

「喂！」

葉月將軟綿綿的胸部貼在湊的手臂上。

湊的腦中立刻回憶起已經又揉又吸好幾次的美味胸部的滋味。

當然，今晚恐怕不會玩玩胸部就算了——

「太好了，看來阿湊也能好好地在童話世界玩得開心呢。」

「當、當然啦……這跟那是兩件事吧。」

「……這麼一說，你帶那個來了嗎？人家身上沒有。」

「有、有啊。保險起見……帶了兩盒新的。」

「你這傢伙，根本想做想得不得了嘛！」

喔。」

「就、就說是保險起見啦！」

就算是湊，他也沒打算用完整整二十四個。

畢竟現在還不是用在瀨里奈身上的時候，即使用在葉月身上，最多也只會用六七個吧。

「不過，雖然說是要住飯店，但那也是今晚到明天早上的事。而且今天我們會玩一整天

「沒錯沒錯，我也覺得白天的行程才是重點。而且晚上的遊行也一定要看。」

「就是說呀。如果到晚上時阿湊說想回飯店房間，人家還會猶豫呢。」

「妳竟然會猶豫喔？」

葉月似乎覺得在飯店房間的樂趣留到晚上之後再說也不錯。

當然，湊很期待在房間裡的樂趣也是事實——

不過既然兩人都很期望在童話世界玩，湊自己同樣很樂意陪伴她們。

「這次訂到好房間了呢。雖然貴得有點嚇人就是了。」

「該說運氣很好嗎……不過暫時沒辦法買遊戲了。」

「但是這很讓人期待吧？三個人一起……在雙人房裡……」

「是、是啊……」

「這個色鬼……說了很多次，人家可是你的朋——」

「咦～這不是小葵嗎！」

「咦？」

「……………」

葉月發出小小的驚訝聲，湊則保持沉默。

幾名女生正走向湊他們所坐的長椅。

「啊，嗯，是林檎啊。好久不見了……吧？」

「嗯嗯，確實很久沒見了！沒想到會在這種地方見面！」

女生團體的其中一人站到葉月的面前。

葉月也站了起來與那名少女握手，開心得簡直像是要抱住對方。

那名少女有著一頭亮麗的金色短髮，在牛仔外套底下穿著看起來有點冷的露臍小背心，還穿著超短迷你裙，服裝相當花俏。

那位被稱為林檎的亮麗少女瞥了湊一眼──

「咦，這難道是……小葵的男朋友？哇～小葵竟然交了男朋友！妳在國中的時候從來沒有交過耶！」

「我們是朋友，只是朋友啦。妳們也是蹺課來童話世界的嗎？」

葉月似乎已經從驚訝中恢復過來，表現得相當平常。

「小葵也是蹺課來的吧。嗯，我們是來慶祝期中考結束的，你們也是吧？」

「是啊，林檎妳們也是來慶祝的啊。看到很多新面孔呢。」

葉月望向遠處，那裡站著一群女生。

這位林檎與葉月是同一個國中的，後來上了另一間高中，現在正與那邊的朋友們過來玩——似乎是如此。

「我們這群人幾乎都各走各的路了呢。啊，抱歉，我馬上過去！」

林檎向另一群女生喊了一聲。

「嗯，妳還是趕快回去吧，林檎。難得來到童話世界，應該也不想浪費時間吧。」

「哈哈哈，明明是來玩的，結果卻變得很忙呢。那麼再見啦，小葵，我會再聯絡妳，之後找時間再玩吧！」

「嗯，下次見。」

葉月笑著揮了揮手——

「……等等，林檎。」

「咦？」

「妳跟**惠那**住得很近吧？最近有看到惠那那傢伙嗎？」

「惠那啊——沒怎麼見到。」

林檎馬上回答，然後露出有點困擾的表情搖了搖頭。

「就算見到也只會打個招呼。那傢伙去了一間不錯的學校，應該忙著讀書吧？」
「……這樣啊，也是呢。抱歉叫住妳。」
「沒關係啦。」林檎這樣回答後就回到了她那群人裡頭，離開了。
葉月深深地嘆了一口氣，再次坐回長椅上。
「啊，抱歉，阿湊，沒辦法把你介紹給她。」
「畢竟我不能和蹺課來童話世界玩的女生對上眼嘛。」
「不能對上眼嗎？不過，阿湊也是蹺課來玩的吧！」
葉月顯得有些驚訝，但湊並沒有開玩笑。
湊不是社交咖，就算要他和打扮花俏的辣妹交流，也只會感到困擾。
至於葉月，則應該被視為特殊的例外狀況。
「關於惠那這個人——」
「嗯？」
「剛才人家不是問了林檎——問了那個女生問題嗎？那個惠那指的是小春惠那，她是我們這群人的領袖。」
「領袖？領袖不是葉月嗎？」
「人家是離領袖位置最遠的人喔。」
「…………」

葉月突然露出一副自嘲般的笑容。

這時，湊覺得童話世界裡熱鬧的喧鬧聲彷彿變得好遠好遠。

「讓、讓你們久等了。」

瀨里奈回來了，她紅著臉這麼說道。

即使是朋友，但在異性朋友面前說出要去洗手間，似乎讓她感到相當不好意思。

對湊來說，這種事在男性朋友之間是完全不可能發生的，讓他覺得很新鮮。

「歡迎回來。阿湊他剛剛說想早點吸到瑠伽的胸部呢。」

「咦…………！」

「慢著，給我等一下！我才沒那麼說！」

「咦……你、你不想吸嗎？」

「我、我是想吸啦……」

這什麼對話啊？湊覺得自己一下子變得很蠢。

由於瀨里奈露出悲傷的表情，害他不小心認真回答了。

「雖然完全比不上葵同學的大小，但是我的形狀比較好看……」

「等等，人家的不只大，外型也很好看吧。」

「真是不可思議呢……一般來說那麼大的應該會下垂才對。」

「人家的胸部抵抗了重力嘛。」

「不對不對，現在還是白天耶。先別聊那種話題吧。」

「啊，好，說的也是呢。」

「真是的……都是因為阿湊太色了，話題才會變得那麼奇怪。」

「是葉月先提的吧！」

「呀啊～♡」

葉月做作地裝出害怕的樣子，抱住了瀨里奈。

這是朋友之間極其普通的嬉鬧。

對話的內容就不提了。

看來那個叫惠那的人的相關話題已經被拋到九霄雲外。

雖然湊還想多問一下關於她國中時代的事——但大家正在玩的時候也不方便潑冷水。

「好，去下一個地方吧。人家要玩遍所有重點遊樂設施！」

「葉月好有精神喔。」

「和我們這種室內派的完全不同呢。」

湊和瀨里奈露出苦笑，跟在高興得像個小孩子的葉月後面。

「那個……湊同學？」

「怎麼了？」

「葵同學剛才是不是發生什麼事了？她的樣子有點奇怪……」

「……是有點事啦。她剛才碰巧遇到以前讀同一間國中的人。」

湊毫不隱瞞地回答。

雖然瀨里奈經常看起來心不在焉的，觀察力卻異常敏銳。所以就算有事瞞著她，也會立刻被看穿。

既然特地來玩，湊不想因為隱瞞什麼而讓氣氛變得尷尬。

「那個人好像叫林檎。」

「林檎……是英林檎同學吧。」

「金色短髮，而且雖然已經是十月，但她還露著肚臍。」

「喔……湊同學還會仔細觀察那種地方呢。」

「不是啦，現在又不是夏天，她卻露出肚臍，我當然會在意啦！」

雖然湊情不自禁地望向林檎的肚臍，但這對於男生來說應該是很正常的。

「那倒是沒關係啦……英同學和葵同學以前關係不錯。可是為什麼葵同學會看起來不太開心呢？」

「不知道……她們現在看起來也不像關係不好的樣子。」

湊輕輕地搖了搖頭。

實際上，湊是**有一些自己的猜想**，但仍然不清楚確切的狀況。

「喂！你們兩個在那邊慢吞吞地做什麼啊！人家一轉過頭才發現只有自己在，嚇死人了耶！」

「啊，抱歉啦，葉月。」

「對、對不起，葵同學。我們這就過去。」

湊和瀨里奈看到轉過頭來大發雷霆的葉月，連忙追上去。

雖然葉月的樣子有些不對勁，但她似乎想隱藏那一點，努力讓三人在童話世界玩得開心。

既然如此，身為她的朋友，就該和葉月一同享樂才對。

湊追上葉月，對她露出笑容。

三人一起笑著，朝下一個遊樂設施走去。

白天玩遍了各種遊樂設施之後，晚上還觀賞了華麗的遊行——

湊、葉月和瀨里奈三人最後回到了飯店的房間。

房間很寬敞，入住人數為三人。

雖然只有一張雙人床，但已經夠兩個人睡了，而且還能拉出備用床。

湊一行人玩到了晚上，累得回房後立刻倒頭大睡——並沒有這樣。

不對，應該說雖然會累，但他們仍然有充足的精神。

而三人進房後首先做的是——

「呀啊，葵同學……請不要拿蓮蓬頭一直沖我的胸部啦……」

「那裡得洗乾淨才行呢。」

「…………」

湊泡在浴缸裡，凝視著在洗身體的地方嬉戲的兩名少女。

由於他們跑來跑去玩到晚上，所以眾人決定——先在浴室把身體洗乾淨。

理所當然地，湊拜託了葉月和瀨里奈，讓他們三個人一起洗。

雖然這樣的狀況很夢幻，卻不是夢。

「喂～阿湊，你在那邊盯著看做什麼啦？大色鬼♡」

「你、你好色喔，湊同學。」

「光是露出脖子的後面，感覺就好色呢。」

「你看的是那邊嗎？」「你注意的是那邊嗎？」

雖然兩人吃了一驚，但實際上那種地方確實讓湊很在意。

葉月用髮夾把奶茶色的長髮盤了起來，瀨里奈則是將黑色長髮綁成馬尾。

「喔，當然不只有那邊。這樣一說，我可能是第一次看到全裸的女生。」

「別說什麼全裸。不過阿湊每次都很喜歡脫到一半呢……」

「湊同學對半脫有種堅持呢。」

露出傻眼表情的兩人理所當然是一絲不掛的樣子。
葉月與瀨里奈的肌膚都很白皙，但瀨里奈的皮膚顏色更白。
兩人姑且還是拿了條毛巾擋在身體前面。
然而葉月擋的方式很隨便，胸部與粉紅色的乳頭都幾乎露了出來。
而瀨里奈雖然算是遮住了胸，不過那雪白的背部與小巧的臀部全都一覽無遺。
「沒戴胸罩的時候果然會彈來彈去呢……」
「你在那邊佩服什麼啦，阿湊？」
「這、這太直接了……聽了會讓人很害羞……」
只見葉月與瀨里奈猛退後，與湊保持距離。
那種動作的震動讓F罩杯的胸部彈上又彈下，被毛巾遮住的D罩杯胸部也緩緩地隨之晃動。
「反正既然今天不會只摸而已，那就得好好地洗一洗胸部才行呢。」
「好、好的。就算我被吸……呀啊，拜託把水轉小一點……」
葉月握著蓮蓬頭，用熱水沖著瀨里奈身上的每個角落。
沒想到竟然能在童話世界的飯店裡和兩個女生住一晚，甚至一起洗澡。
更別說那兩個人還是能在校內爭奪頂尖美少女寶座的葉月與瀨里奈——
「就說了，阿湊，你看得太用力了吧？」

「討、討厭……在這麼亮的地方被看……好害羞喔。」

「這樣啊，妳說的對。」

湊「唰」的一聲從浴缸裡站起來。

「呀啊……♡」

「竟、竟然這麼光明正大地露出來……」

「都已經到這種時候，要是還扭扭捏捏的才會尷尬。只有我遮起來對妳們也不好意思。」

「不、不會不好意思啦……但、但是好厲害喔……」

「是、是啊……」

葉月紅著臉，不停偷瞄著湊。

而瀨里奈雖然用手遮住臉，卻從指縫間偷偷看著。

這樣子還是挺讓人害羞的。不過既然之前已經讓葉月她們害羞那麼多次，現在也不好閃躲。

「先別說那些。既然妳們答應了和我一起洗澡的要求，這次就換我聽聽妳們的吧。」

「什、什麼？什麼意思？」

「啊……」

葉月一臉困惑的樣子，不過瀨里奈似乎明白了什麼。

於是瀨里奈一邊遮著胸部，一邊說——

「那、那麼……可以請你幫我洗身體嘛，湊同學？」

「這、這種事情，不是只對被拜託的那個人有好處嗎……？」

「別那麼講嘛。」

不管怎麼說，面對兩人如此煽情的裸體，他不可能看一看就滿足。

難得待在浴室，就應該玩點只有浴室裡才能玩的遊戲吧。

「既然都這麼拜託了，我就徹底把妳們兩人洗乾淨吧。」

「哼～洗好之後……你八成又會做出把我們弄髒的事吧？」

「我、我就算被弄髒也沒關係……」

「……總之，來洗吧。」

瀨里奈還是一樣對色情的事寬容到奇異的程度。

「是、是可以啦……要洗乾淨喔？」

「請溫柔一點喔……♡」

全身赤裸的葉月與瀨里奈靠近了湊。

胸部的直接觸感傳到了湊的手臂與胸前。

「嗯、啾……♡」

「都、都只親葵同學……我也要……♡」

葉月突然「啾」地吻了湊一下，當葉月退開時換成瀨里奈的嘴唇輕輕地貼了上來。

湊也以親吻回應了她們——

「哈、嗯、嗯嗯……啾、啾♡」

「嗯、嗯嗯……碰到……葵同學的舌頭……嗯♡」

湊、葉月、瀨里奈都伸出了舌頭，三人的舌頭交纏在一起。

竟然可以同時和兩位美少女接吻——而且兩人還展現出極致的裸體。

F罩杯的一對沉甸甸隆起，還有瀨里奈那比較小，但形狀與柔軟程度可能更勝一籌的D罩杯隆起。

雖然與F罩杯相比感覺小了點，但瀨里奈的胸部尺寸也很夠了。

而絲滑的肌膚觸感與些微的甘甜芳香更是讓人把持不住。

湊一邊進行著濃烈的接吻，一邊徹徹底底地清洗她們的身體。

「啊、喂，不要連那個地方都用手指……！做、做過頭啦♡」

「竟、竟然把胸部洗得那麼仔細……啊，現在換成大腿，好癢喔♡」

不只是胸部與臀部，光是隔著沐浴巾觸碰她們的腹部與大腿，也能感受到那種令人欲罷不能的觸感。

湊就這麼品嚐著頂級的觸感，洗乾淨兩人的身體後又弄髒她們，接著再洗乾淨——

「呼……三個人一起泡澡果然還是太擠了。」

「雖然人家和瑠伽都很瘦，但還是裝不下呢。」

「有、有點擠……啊♡有什麼東西碰到屁股了……」

湊坐在浴缸的正中央，瀨里奈坐在他的大腿上。而葉月則是以從後面用胸部壓著湊的姿勢抱住他。

雖然飯店的浴缸不小，尤其是兩個女生又很苗條，但要讓三個人一起泡還是太難了。

「早知道就住浴室很大的房間了。」

「這間飯店的價格可是很高的喔。而且還很難訂，能住到這樣的房間已經是極限了。」

「也是呢……下次找飯店的時候以浴室的大小為優先考量吧。」

葉月站起身，坐在浴缸的邊緣。

「呀，喂，不要蹭人家的大腿啦。」

「啊，抱歉。情不自禁就……」

即使嘴上這麼說，湊還是繼續以臉頰磨蹭著葉月的大腿——

「呀啊……湊、湊同學……不要捏那麼用力……♡」

湊一隻手揉著瀨里奈的胸部，又扯了一下頂點處。

在被兩個女生夾在中間的狀態下，泡在溫暖的浴缸中。

真的可以這麼享受嗎——

不對，這還只是三人這一晚的剛開始。

洗澡，不過是前哨戰罷了。

「啊、喂，討厭……你吸得太大聲了啦……♡」

「呀啊、嗯……胸部全部吸進嘴裡了……♡」

湊、葉月和瀨里奈洗完澡，吹乾頭髮，穿上衣服後——

湊就立刻拜託兩人，讓他享受她們的胸部。

「哈、啊……哈啊……笨蛋……不用那麼急啦……都已經說可以隨便你吸了……」

「哈啊，胸部變得濕黏黏的……乳頭硬成這個樣子，好丟人……」

湊充分品嚐了兩位美少女的胸部後放開她們，葉月與瀨里奈就這麼倒在雙人床上。

湊還請葉月與瀨里奈特地穿回制服。

難得的制服約會，他想再用制服來玩一次。

兩人乾脆地答應了湊的要求。

「再穿回去……結果還不是要脫掉。」

「感覺比脫光還要讓人害羞……」

葉月脫下開襟毛衣，敞開白色的襯衫，將左邊的黑色胸罩挪開，露出左胸。

瀨里奈則是解開白色襯衫的扣子，挪開右邊的白色胸罩，讓可愛的乳頭也露了出來。

兩人各自只露一邊的胸部，讓湊的口中不斷分泌出唾液。
「抱、抱歉……因為妳們兩人穿著衣服的樣子太色了，讓我忍不住……」
「所、所以你就可以洗完澡後突然吸人家的胸部嗎？討厭，你的動作好猛喔……」
「只、只要好好地拜託，我就沒問題……」
「人家也是……只要提出要求，人家就不會說不喔……」
葉月和瀨里奈又戴起了貓耳。
她們還露出一邊的胸部，裙子也稍微撩起來，露出大腿。
湊從來沒看過這麼煽情的女生。
「啊，對了……葵同學，要給湊同學……」
「也、也是呢……嗚嗚，不管做幾次都覺得好丟臉……」
「呃……這也得拜託妳們才行呢。葉月、瀨里奈——」
湊站在床鋪的旁邊，兩手放在躺在床上的兩人腿上。
「葉月、瀨里奈，可以給我看內褲嗎……！」
「這傢伙竟然說得這麼光明正大……笨蛋～♡」
「既、既然你都這麼拜託，那就沒辦法了……可以喔♡」
躺在床上的葉月與瀨里奈先是緊貼著彼此——
然後她們伸出手，緩緩地掀起裙子。

葉月穿的是煽情的黑色內褲，瀨里奈穿的是清純的白色內褲——

「唔喔……妳們兩人的內褲果然色到不行……」

「那、那句話聽起來很蠢耶。呀啊♡」

「明、明明就只是塊布……呀！♡」

湊將臉鑽進兩人緊貼著彼此的大腿縫隙之間。

接著他用臉摩擦著那滑滑嫩嫩、彈性十足的大腿。

「等、等一下，這樣好變態喔……♡」

「呀、呀啊……好癢喔♡」

湊一邊品味著葉月與瀨里奈那美妙大腿的滑嫩與彈性，同時不斷偷偷欣賞黑色與白色的內褲——

「我也想仔細看妳們兩人的胸部耶……」

「說、說什麼蠢話。還不是因為你太猴急，結果人家只脫了一半。」

「也請盡量品嚐我這邊的胸部……」

葉月坐起身，解開胸罩，讓F罩杯的胸部兩邊一起彈了出來。

瀨里奈則是繼續躺著，將胸罩往上拉——露出大小適中的D罩杯胸部。

「既然難得兩個人都在……瑠伽，我們今天就用胸部夾住阿湊的那個吧。這傢伙會很開心喔♡」

「用、用胸部夾住嗎……可、可以喔……♡」

葉月與瀨里奈緊靠彼此，將各自的胸部壓在對方身上。

被擠壓得變形，看起來軟綿綿的巨乳與美乳的同台共演實在太美妙了。

「喔……不管是哪邊的胸部看起來都好好吃……！」

「什、什麼好好吃？又不是食物。不過你倒是可以盡情吸舔啦♡」

「我的沒有那麼……但你今天晚上還是可以盡量吸……我、我也會努力夾的……」

只見兩人擺出抱在一起的姿勢，F罩杯與D罩杯擠在一起，尖挺的桃色乳頭前端也碰到了彼此。

世上可曾有過如此極致色情的畫面？

「葵同學的胸部好柔軟……啊，等等。」

「怎、怎麼了，瑠伽？」

「該不會是因為葵同學的比較大……所以妳故意打算讓湊同學來比較吧？」

「沒、沒有那種事啦。不管是大的還是小的，阿湊都喜歡。」

「這是當然的。」

湊用力地猛點頭。

無論是F罩杯還是D罩杯，他都要一視同仁地享受。

「我不但要用葉月和瀨里奈的胸部，還想品嚐妳們兩人的嘴唇。」

「這傢伙真的很放肆耶……是可以啦。畢竟如果只靠瑠伽的胸部，會有很多夾不起來的情況吧？你可以隨意用人家的喔♡」

「就、就算我的胸部……夾、夾不起來……也、也是可以用搓之類的……想用還是有很多方法！」

妳到底在說什麼啊──雖然湊想這麼吐槽，卻猶豫著不知道要不要問個具體。

看來，他似乎能和瀨里奈玩得更進一步──

雖然瀨里奈的胸部和葉月的相比小了點，但依舊有足夠的大小。

如果將胸部從左右往中間擠一擠，應該還是能夾住吧。

「反正時間還多得是。就讓我把之前沒做過的事全都仔仔細細地做一次吧，葉月、瀨里奈。」

「真、真拿你沒辦法……討厭，你想用完兩盒喔？」

「雖、雖然我還不行……不過湊同學還知道很多其他玩法吧……？」

「我也沒有那麼博學，但的確有很多想玩的。對葉月的話也許可以用完一整盒吧。」

「呀──！人、人家的身體撐得住嘛？」

「我也好像要看到沒見過的世界了……」

當瀨里奈靠近的時候──

葉月也不服輸似的貼向了湊。

只見兩人的F罩杯與D罩杯胸部抖動搖晃，可愛的乳頭變得尖挺。
「如、如果是一兩次的話，人家也可以……直接來喔♡」
「啊，好狡猾，只有妳能那樣嘛！我、我也是……先用葵同學的胸部，最後在我的嘴裡……這樣也行喔♡」
葉月與瀨里奈躺在一起。
葉月挺起身，展現F罩杯的胸部。
瀨里奈同樣露出D罩杯的胸部，伸出手指抵著櫻桃小嘴。
被巨乳夾過之後，最後在瀨里奈的嘴裡——
湊再怎樣也想像不到自己竟能體驗如此天堂般的享受。
「……妳們兩個今天會不會太亢奮了？」
「還不是因為……」
「是啊，因為……」
兩位女性朋友對看一眼。
「今天很開心嘛。」
「因為今天玩得很開心。」
兩人同時這麼說著，相視而笑。
湊的兩位女性朋友雖然外表與性格都剛好相反，個性卻十分合得來。

她們兩人默契十足，接受了湊的所有要求，任憑他為所欲為——
讓他享受了一場最美妙的遊戲。
湊甚至希望著，和女性朋友們的這段開心之夜永遠不會結束。

「瑠伽睡著了呢。」
「瀨里奈可能是玩得最瘋的吧。」
湊換穿輕鬆的T恤與五分褲，坐在房間的沙發上。
坐在他旁邊的葉月也脫掉了貓耳，穿回制服。
不愧是高價的房間，這張沙發坐起來舒服極了。
而瀨里奈則是在距離沙發兩公尺的雙人床上呼呼大睡。
「看來瑠伽真的是第一次來童話。阿湊，你得到瑠伽的第一次了呢。」
「我說啊……」
他並沒有拿走瀨里奈的那個寶貴東西。
湊勉強煞了車，沒有越過那條線。
雖然說她的小嘴實在太舒服，讓湊差點就在下一輪越界。
最後是在葉月與瀨里奈的雙胸夾擊之下勉強忍住。

如果沒有巨乳與美乳的雙重攻勢，情況可能就危險了。

「不過～今晚除了第一次以外，她什麼都被你拿走了呢。」

「說得那麼難聽……」

「像、像是用大腿夾住之類的……人家還懷疑你是不是笨蛋耶！」

「……對不起。」

至於他們具體做了些什麼，連湊回想起來都覺得羞恥。

總而言之，瀨里奈的大腿軟軟綿綿又滑滑嫩嫩，簡直舒服到不行。

雖然他沒想到光是這樣就消耗掉一次，不過他甚至還想再來一次。

瀨里奈的身體上上下下都能讓人舒服不已。

無論是雪白光滑的肌膚，意外有料的胸部，軟綿綿的大腿，小巧柔軟的臀部，還是——

湊簡直不敢相信自己能忍住，不去品嚐那最後的樂趣。

「還有最舒服的地方沒用呢。」

「喔～所以你太在意那邊，和人家玩的時候就隨隨便便嗎？」

「怎、怎麼可能嘛！妳看看這個！」

「不用給人家看啦！」

湊將剛開封的之前那種十二個裝的盒子拿給葉月看。

內容物已經用掉了五個——而且有一次還是沒有用的。

包含使用胸部和嘴在內，她們到底讓湊做了幾次啊？

「再、再說了，雖然你完全沒有用在瑠伽的身上，但就是因為沒有用，所以更是隨便亂來！」

「嗚……可是瀨里奈也說她的身體任何地方都可以隨便用啊。」

「那傢伙還真是大膽……一般人會說到那種程度嗎？」

葉月望向雙人床，盯著正在睡覺的瀨里奈。

「你啊，別因為瑠伽不會反抗就那麼放肆。要做的話……你可以和人家多玩一下嘛。」

「那麼，我下次可以用葉月的大腿做嗎？」

「笨、笨蛋！你真的是個大笨蛋！」

葉月紅著臉瞪了湊一眼之後——

「用大腿是可以啦，但還有更舒服的地方不是嗎？明明就可以用那邊，卻用別的地方，感覺好變態喔……」

「什麼變態？不過『用』這種說法不太好耶。」

「人家覺得無所謂呀？只要夠色不就好了♡」

「只要夠色就好喔？」

葉月似乎容易因為一些奇怪的事而興奮。

雖然湊完全沒資格說別人就是了。

「不過喔……沒想到竟然會和阿湊在這種地方住一晚，春天的時候根本沒辦法想像呢。」

「我也是喔。沒想到竟然能和那位葉月葵——」

社交咖的女王，即使身處同一間教室，卻會讓人以為是另一個世界居民的美少女。

他根本想像不到自己能和那樣的葉月需索彼此的身體。

「光是和葉月來遊樂園玩，就讓人覺得一點都不真實呢。」

「是啊。畢竟人家也很少和其他朋友來童話這種地方玩嘛。」

「葉月真是很難高攀的人呢。」

「還好啦～♡」

「啾」的一聲，葉月輕吻了湊一下。

湊則是輕輕地將手貼著葉月的胸部，揉捏那軟綿綿的胸部。

她似乎沒穿胸罩，柔嫩的觸感傳到了手上。

「討厭……真是的，你剛剛不是揉了很久嗎♡」

「胸部這東西真的好猛啊……我不是在作夢吧？」

「阿湊，你會不會太過度懷疑現實了？你看，這麼舒服的事不可能是夢吧。」

葉月連續親了湊的臉頰兩下，發出「啾、啾」的聲音。

「話說猛的是你才對吧？被那麼厲害的頂上來，人家就什麼也沒辦法思考了……最、最後還說可以不用戴。」
「畢竟戴的時間會太讓人著急了嘛……根本等不及了。」
「人家和阿湊都覺得……有那種東西太礙事了。反正我們是朋友，中間不需要隔著什麼東西啦♡」
「啾、啾」，葉月又親了幾下。
湊回應了那個吻，雙方陶醉地貪求對方的嘴唇——然後分了開來。
「哈……光是接吻就讓人腦中一片空白。阿湊，你是多喜歡人家的嘴唇啊？」
「有這麼柔軟的嘴唇，我當然品嚐幾次都不會膩啊。應該說，不管是葉月身上的哪個地方，我都喜歡。」
「在床上時人家的制服只脫了一半，不過在浴室全裸的時候你就一直盯著看呢。」
葉月勾起嘴角，露出壞壞的笑容，然後打開襯衫的前襟，稍微露了一下果然沒穿胸罩的胸部。
雖然今天已經看得很夠了，但這對巨乳果然還是很色情。
「你又猛盯著看了～♡好色好色♡」
「妳是小孩子嗎？啊，蓋起來了喔。」
「光是能看一眼，你就該感謝了吧？啊，這裡的浴室也很不錯呢。浴室果然很重要。下次住飯店的時候，找個浴室夠大，能讓我們三個人舒舒服服洗澡的房間吧。」

「應該會很貴吧……」

雖然湊感到很傻眼，不過他依舊想起和葉月與瀨里奈一起洗澡的畫面。

「雖然人家沒想到你在最後說出要用胸部洗身體的話就是了。」

「能讓葉月用胸部刷背實在是太棒了。感覺好柔軟喔。」

「笨、笨蛋……！你甚至用那種話讓瑠伽也……而且她洗的時候還把全身弄得濕濕滑滑的。那個孩子會不會太大膽了？」

「她比葉月還要積極回應要求呢……」

「結果洗了又髒髒了又洗，根本就是洗澡的無限循環嘛。」

「就算是比家裡還要大的浴室，那個浴缸要擠三個人還是太小了。如果浴缸可以輕鬆坐進三個人，可能真的會是無限循環呢。」

「我們明明從早玩到晚上的遊行活動，這也未免太有精神了吧？」

葉月輕輕一笑，坐到湊的大腿上正面抱住他。

「不過呢，阿湊……」

「嗯？」

「雖然對瑠伽不好意思，但先和阿湊成為朋友的可是人家。你要是太迷瑠伽，人家會不開心喔？」

「才不是那樣啦。話說妳原來有這麼可愛呀？」

「沒禮貌。人家一直都很可愛啦。」
「在班上是第一、第二名的水準喔。」
「謝謝你還顧慮到瑠伽呢。笨蛋～啾♡」
兩人面對面抱著彼此，發出「啾、啾」聲的接吻。
這是朋友之間的吻——讓他們不會猶豫，親個不停。
「哎呀，我知道啦。我不會只對瀨里奈著迷。」
「喔～你很厲害嘛。竟然不會被那樣的美少女迷倒，還能好好地看著人家。」
葉月輕輕地笑著。
她明明就有自己也是絕世美少女的自覺。
兩人抱著彼此，親了好幾次之後——
葉月突然收緊陶醉恍惚的表情。
「怎、怎麼了，葉月？妳、妳要讓我再做一次嗎？」
「笨～蛋。雖然那也不錯……不過先等一下。」
葉月伸出手指點了一下湊的嘴唇，再碰一下自己的嘴唇。
接著她突然從沙發上站起身，走向窗戶。
湊搞不清楚發生了什麼事。
不過現在的氣氛似乎不適合再來一次。

「欸～阿湊。」

「怎麼了，葉月？」

葉月頭也不回地望向窗外。

於是湊也跟著站起身，站到葉月的背後。

「……那個喔，人家今天不是遇到讀同一間國中的同學嗎？」

「是啊。」

「你會不會很在意那些女生？是不是顧慮到人家，才很客氣沒有問下去？」

「如果是色色的事我就不會客氣，但我不會什麼都過問啦。」

「喂，對色色的事也稍微客氣一點啦。」

葉月回過頭，輕拍一下湊的肩膀。

「不過人家今天心情很好。就來稍微講一下這位葉月同學的過去吧。人家也想讓阿湊知道。」

「…………」

葉月望向窗外，凝視著被燈光打亮的童話世界夜景——

「人家的打扮很花俏吧？」

「是很花俏。」

不過她並沒有濃妝豔抹，頭髮的顏色也是看起來很自然的棕色。

她的花俏感只是和瀨里奈相比得出的，沒有很強烈的人工花俏感。

「可是，人家到國二時還不是這樣的喔。真要說的話，算是不起眼的那種。雖然很擅長運動，但是成績不行，整個人都很不起眼。」

「不起眼……」

「咦，阿湊，你看起來不怎麼驚訝呢？」

「……別在意。**我一直很驚訝喔**。」

「真是奇怪的說法呢。」

葉月露出苦笑，但湊毫無疑問地被嚇到了。

如此與不起眼三個字站在相對位置的美少女曾經是不起眼的存在——

應該很少有什麼事會讓人如此意外吧。

「不過啦，當人家升上二年級的時候，惠那——就是之前說的女生，她邀請我加入她的團體，還跟人家說『妳很可愛』。」

「聽起來簡直像搭訕……」

竟然有人會基於這種原因就邀請別人加入自己的團體嗎——湊感到相當驚訝。

如果有人因為覺得湊很帥而邀請他加入某個社交咖男生團體，那麼就不是吃驚兩個字能形容的了。

「嗯～畢竟人家當時即使沒有很搶眼的打扮，但就像你看到的，人家的臉蛋還是挺可愛啦。」

「……這點我無法否認。」

葉月現在沒化妝，仍然可愛得讓人看一眼就會心跳加速。所以即使沒化妝的她進入美女如雲的社交咖團體，也絕對不會顯得遜色。

「不過，雖然說這種話有點自大，但人家原本就很有社交能力，朋友也算是多的那種。加入社交咖團體後，朋友的數量就一口氣暴增。」

「原來如此……」

湊點了點頭。

「你那個『原來如此』是什麼反應啊？好奇怪。不過算了。」

葉月回過頭，背靠著窗子。

「那個邀請人家的惠那原本是團體的領袖。但是不知不覺間——大家開始聚集到人家的身邊。」

「也就是說，領袖換人了嗎……」

「就是那樣。人家明明是因為惠那的幫助，學校生活才能有所改變，結果卻搶走了她的領袖地位。真是個壞女人啊！」

葉月以玩笑的口吻這麼說，然後微微笑了。

「後來人家與惠那的關係就變得緊張。那傢伙的腦袋很好，所以我們讀了不同間高中，現在也沒有聯絡了。總感覺……人家搞砸了呢。」

「妳們已經……不是朋友了嗎？」

「不知道呢，至少人家心裡還把她當作朋友。但既然見不到面也不再聯絡，關係還變得那麼緊張——這樣可能不算是朋友了吧。」

葉月換上一張為難的笑容。

「……葉月，所以妳才會找我聊天嗎？因為妳看到我跟梓不再是朋友，感到沮喪的樣子？」

梓琴音——被稱為「班上第五可愛」的女生，湊的第一位女性朋友。

即使過了幾個月，湊仍然無法忘記被她拒絕的事。

「其實人家拜託你教功課的時候心中沒有那種想法。不過現在想想，或許真的是那樣。雖然有小桃的因素，但可以確定的是不只是因為那個原因。」

「葉月，妳的祕密還真不少耶。」

看來葉月之所以接近不起眼的湊，原因沒有那麼單純。

「對不起。人家只是不知道什麼時候說出小桃的事還有人家的過去比較好。」

「這……也是啦。」

畢竟湊早就忘掉找小桃的事了，而且就算突然聽葉月講述她的過去，想必也會感到困惑吧。

「不過，其實人家從一開始就對湊有興趣。所以那時候才會立刻察覺你和梓的關係變得有點怪。」

「原來是這樣喔？」

因為找到失蹤的小桃，葉月才開始關注湊。

接著她彷彿在湊的身上看到自己過去那種失落的樣子——自然會想要去搭話。

「其實呢，即使人家和現在的——人家那邊的那群人玩的時候，心中總會有些不對勁的地方。人家奪去了惠那的地位，才有了現在的自己。」

「那也不是葉月有意奪取的，妳想太多了吧？」

「人家感覺聽起來只是像在為自己找藉口。除非是惠那親口那麼說。」

湊說了句：「這樣啊。」點了點頭。他站到葉月旁邊，望著窗外。

「因為對湊有親近感，試著搭話後——再玩過一陣子之後，發現和你相處得很愉快。雖然這只是碰巧而已，不過我們個性很合得來真是太好了。和你在一起時，讓人家再次覺得和朋友共度的時間是可以很快樂的。」

「這樣啊……」

湊深呼出一口氣。

然後從口袋裡拿出手機，操作了一下照片應用程式——

「葉月，妳看一下這個。」

「嗯？什麼的照片——等等，為什麼這張照片會在湊你手上？」

葉月急忙從湊手上奪過手機，仔細地看了起來。

照片裡的人是黑色頭髮、沒有化妝的國中時代葉月葵——

「我拜託了瀨里奈，讓她給我看妳們國中的畢業紀念冊。」

「啥！真的假的？」

「當時我就拍了這張照片做個紀念。葉月，那時的妳和現在簡直是判若兩人呢。」

「囉、囉嗦。人是會變的嘛。瑠伽那傢伙，幹嘛拿這種東西給你看啦？」

「不是瀨里奈的錯。是我拜託她的。」

湊看了看發出微微的呼吸聲，正在睡覺的瀨里奈。

她只穿著一件白色的無袖背心，纖細的肩膀和白色的內褲都露了出來。

雖然這位氣質清純的少女如外表所示缺少警戒心，但還是會尊重他人的隱私。

面對湊突如其來的請求，瀨里奈猶豫著是否該給他看葉月的過去。然而——

『因為我和葉月是朋友，有件事情我非得確認不可。』

湊這麼解釋之後，瀨里奈就沒有再多問，給他看了畢業紀念冊。

「我就覺得葉月以前似乎和朋友間發生過什麼。畢竟不論是妳和我的『遊戲』，或是那種任我為所欲為的態度，都實在太奇怪了。」

「喔～所以你才會挖掘人家的過去嗎？」

葉月瞪了他一眼。

是的，湊早已知道葉月在加入社交咖團體之前是個不起眼的女生。

當他在畢業紀念冊上找到黑頭髮的葉月時，真的大吃了一驚——

「既然看起來不像在高中發生什麼事，我猜那應該是在國中時代吧。」

「阿湊你根本是名偵探嘛！」

「這連推理都不算啦。再說妳不也是一樣，明明早就認識我，卻還裝作不認識的樣子。

這樣一來我們就扯平了。」

「喔，竟然還反駁呢。算了，就當成是這樣吧。」

「是啊。還有一件事——我好像因為和葉月相處，社交能力變強了一些。」

「啥？等、等一下，還有其他東西嗎？」

湊從困惑的葉月手中拿走手機——

「班上不是有個叫穗波麥的同學嗎？我鼓起勇氣找她說話了。」

「小麥？為什麼找小麥？」

穗波麥跟湊他們同班，也是社交咖團體的成員。

那是一位有著金髮和褐色皮膚，外貌遠比葉月花俏的辣妹。

「我聽說她和葉月是同一所國中畢業的。所以我就向穗波同學打聽了一下，然後過去了。」

「去、去哪裡？」

湊沒有回答葉月的問題，而是又操作了一下手機。

「妳看吧，葉月。」

這次不是照片，而是一段影片。

「小葵，好久不見。」

「惠、惠那……？」

葉月看著手機上的影片，瞪大了眼睛。

影片中出現的是一名留著鮑伯頭髮型的黑髮少女——

她就是曾邀請葉月加入社交咖團體，原本是該團體領袖的小春惠那。

『突然被那個叫湊的搭話，人家也嚇了一跳。啊，妳應該也被人家這段影片嚇一跳吧？畢竟人家國中時的頭髮是粉紅色的呢。」

「變、變成黑頭髮了……人家在國中的時候從來沒看過黑頭髮的惠那……」

『畢竟這裡是升學學校嘛～所以校規也很嚴格。人家也得認真點才行，因此裝出認真的樣子。』

螢幕中的少女像是能聽見葉月的話似的。

當然，這段影片不是即時通話，而是之前拍攝的。

『下次直接來找人家吧，但要是妳敢笑，小心人家會揍妳。不過說真的……下次見個面吧。事先聲明一下，人家真的很喜歡小葵喔，而且喜歡到可以毫不害羞地講出這種話。』

影片在這裡結束了。

雖然只是三十秒不到的短片——但對葉月來說已經產生了足夠的衝擊。

只見葉月的眼睛和嘴巴都張得大大的，震驚地愣在原地。

「穗波同學也沒有告訴我詳細的內情，只說如果想了解國中時代的葉月，就去見小春同學。」

「……小麥那傢伙。瑠伽也是，全都在人家不知道的地方搞小動作。」

葉月也拿起手機，開始操作什麼。

也許是在給穗波麥發送憤怒的抗議簡訊吧。

「話說回來喔！」

「怎、怎麼了，葉月？」

「人家明明才剛曝光自己的黑歷史！阿湊，結果原來你連人家也不知道的事都知道了！」

「沒、沒有啦。我真的完全不知道妳剛才說的那些事。穗波同學沒告訴我，那個小春同學也只說：『把這個影片給小葵看。』」

「喔……人家還以為你們全都是叛徒。那就原諒你好了……」
雖然嘴上那麼說，葉月的表情似乎還是不太滿意。
不過，湊也一直在暗地裡煩惱該如何問出葉月的過去，以及何時該讓她看小春惠那的影片——
所以他也希望她不要太生氣。
「算了……人家現在可以和朋友放寬心地玩，而且和湊在一起過得很開心，有瑠伽在之後就更愉快了。」
葉月輕吻了一下湊。
「還不錯吧？」
「不但交到新朋友，也和以前的朋友恢復關係——嗯，這也不錯。」
「下次人家會去找惠那。人家想和小麥她們變得更親近。」
看來，湊的擅自行動得到了寬恕。
「是啊，畢竟妳可是社交咖團體的女王嘛，葉月。」
葉月之所以無法享受和現在的社交咖團體玩樂的時光——也許是因為對小春惠那的內疚。
消除對小春惠那的內疚之後，她應該可以和穗波麥她們建立更好的關係吧。
「不過喔，葉月葵是阿湊的女性朋友。這一點對人家來說是最重要的。」

葉月緊緊抱住了湊，還將胸前的隆起壓了上去。

湊也抱緊了她那纖細的身體——

「對我來說，和葉月的關係也是最重要——啊，最重要這種話不該隨便說出口呢。」

「阿湊，你注意到重點了。」

湊和葉月緊緊相擁之後……

兩人同時朝著床的方向望去。

接著——

「咦？唔哎……？」

「唔哎個頭啦，瑠伽，別發出那麼可愛的聲音。」

「瀨里奈的存在本身就是一種心機可愛呢。」

「咦，咦咦？你、你們在做什麼，湊同學，葵同學？」

湊和葉月躺上床，把瀨里奈夾在中間。

「在團體旅行中，先睡的人就會被玩弄喔，瑠伽。」

「我也想多玩弄瀨里奈一點呢。」

「怎、怎麼這樣……呀啊、啊♡」

湊和葉月拉開瀨里奈的無袖背心，讓沒有胸罩覆蓋的D罩杯胸部露了出來。

接著湊從右邊，葉月從左邊揉著瀨里奈的胸，用舌頭在尖起的乳頭上滑動。

「不、不只是湊同學，連葵同學都……啊、不……是不行啦！」

「竟然不是不行喔？」

「瑠伽，妳的接受度太高了吧。這樣下去真的會被阿湊上喔？阿湊可是買了好幾盒十二個裝的那個準備專門給瑠伽用耶。」

「我、我的話……全都不戴也沒關係喔……？」

「真的假的！」

「喂，別當真啊，阿湊。話、話說……人家今天晚上也可以全都不戴喔？不戴……來幾次都可以喔？」

湊一邊在瀨里奈的胸部上舔來舔去，一邊看著葉月的臉。

看來她是認真的。

說出自己的國中經歷後，葉月似乎變得更加大膽了。

「就算不是女朋友，也可以超過一次嗎……？」

「雖然人家不是女朋友，而是朋友……但要幾次都沒關係喔♡」

「我雖然也只是朋友，不是女朋友……但隨時都可以喔♡」

不只是葉月，連瀨里奈也變得特別大膽。

湊的第二位女性朋友和第三位女性朋友。

與葉月葵，以及瀨里奈瑠伽──兩位美少女相遇至今的時光，竟然帶來了如此幸福的情況。

湊絕對不想失去與這兩人的友誼。

他再也不想搞砸與朋友的關係了。

為了這點——

「葉月、瀨里奈。」

湊的嘴巴鬆開瀨里奈的胸部，欺上兩人的身體。

「我想一直和妳們保持朋友關係——」

「這是當然的啦，不用你說，人家也知道。」

「請繼續當我的朋友……湊同學。」

湊親了一下這兩位可愛過頭的女性朋友。

他確信自己這次終於得到了真正寶貴的東西——

尾聲

「早啊～阿湊。」

「……啊～早～」

當葉月用她的備用鑰匙打開大門走進來時，湊也同時步出了房門。

湊覺得每次葉月來的時候都要去開門實在是太麻煩了，所以就給了她一把備用鑰匙。

「咦，你剛起床喔。人家記得叔叔說要出差吧？」

「是啊，不過就算他在，這個時間也早就出門了。」

湊打了個哈欠回答。

他父親的上班時間非常早，回家也晚。

湊突然想著。

像這樣早上與葉月見面變成理所當然的事，已經過了多久呢？

距離他們去了童話世界遊玩的那一天，已經過了好幾天。

與葉月葵度過的快樂時光，總是在轉瞬之間流逝。

「葉月每次都很早起呢，看起來穿著打扮也弄得很完美了。」

「身為女孩子，為了漂亮而早起也只是小事一件。啊，對了——」

「早彎～湊同鞋、葵同鞋……」

「瑠、瑠伽！」

瀨里奈從湊的房間門裡走了出來。

瀨里奈只穿著湊的白色襯衫，露出半片胸部，白皙的大腿也毫不吝嗇地露出來。

「瑠、瑠伽……妳留下來過夜？」

「是啊……我說要住在葵同學家……」

「瑠伽，妳真是會充分利用人家當成妳的不在場證明啊……」

「對不起……不過最近我爸媽聽到我在葵同學家的時候，就不會過問什麼了……還會要我玩得開心一點。」

看來瀨里奈的家裡雖然管得嚴，但因為她變得更加活潑，去朋友家玩的次數變多，讓她的父母很高興。

「算了，是沒關係啦～不過人家昨天晚上想睡覺先回家時，原本想問問瑠伽妳什麼時候回家的，沒想到……卻變成這樣。」

「昨晚和瀨里奈玩傳說英雄玩得很瘋……結果就待到很晚了……」

「所以你和很可愛很可愛的瑠伽在床上也玩得很瘋嘍？」

葉月站在走廊上，半瞇著眼，傻眼地看著湊和瀨里奈。

「沒、沒有啦，跟平時一樣沒有做到最後……昨天晚上我還是要她用大腿……」

「人家才沒有問那麼詳細……你們竟然不找人家，自己玩得那麼開心……」

「那、那個……葵同學？今天讓我來做早餐吧！」

「咦，真的假的？太好了，瑠伽做的早餐耶！」

葉月的表情亮了起來。

看來她的心情瞬間就變好了。

於是瀨里奈趁她心情好的時候，迅速在只穿一件襯衫的身上綁了圍裙，開始做早餐。

每人各一個鰹魚和梅子飯糰，煎蛋捲和味噌湯，還有瀨里奈從自己家帶來的泡菜。

「啊～真好吃……雖然這樣講很不好意思，不過阿湊的手藝還遠遠不及她呢。」

「那是當然的啦。可是我們用的明明是同一種食譜耶。」

「味、味道沒有差那麼多喔。」

三個人坐在餐桌上，享受著熱騰騰的早餐。

「有瑠伽在，一餐的水準就有驚人地提升呢。」

「人要是吃得好，心情也就會變得很輕鬆。」

「哈哈，以阿湊的情況來說，得到滿足的不只有食慾吧。」

「妳還在記昨晚的仇喔？好吧，那麼葉月今天早上也用一個吧。」

葉月這麼早來湊家，不只是為了吃早餐——

也是為了享受早上那重要的一次。

「就是啊，葵同學不只晚上，早上也要做。住這麼近真不公平。」

瀨里奈鼓起腮幫子，難得地嘔起氣。

「是、是這麼說沒錯啦……啊，不過瑠伽之前不是也在學校玩得很開心嗎？」

「…………！」

瀨里奈的臉一下子變得通紅。

「不、不是啦。那只是老師請我打掃準備室，我就找湊同學來幫忙……然後用胸部和嘴巴陪他玩了一下當謝禮……」

「光是有用胸部和嘴巴玩，是不是只玩一下就不重要了吧。人家就算在學校時也從來沒做過……喂，阿湊，你別太過分喔。」

「哎呀，差不多該做準備了。之前去童話世界玩蹺課兩天，接下來得暫時認真上學才行呢。」

「你轉移話題的技巧也太差了吧。」

雖然她說得沒錯，但湊也真的想避免遲到。

「是啊，我也得趕快做準備了。」

「後面的收拾我來就好。」

「好的，不好意思喔。啾♡」

「好啦好啦，人家也會幫忙收拾的。啾♡」

瀨里奈站起來輕輕地給湊一個吻，然後回到湊的房間去了。

葉月也是，「啾」地一吻過後就朝廚房走去。

湊基本上為人認真，瀨里奈更不用說——事實上葉月也不是個經常蹺課的人。

湊在葉月的幫忙之下，快速完成了早餐後的清理工作。

「啊，喂♡要、要在這裡嗎？」

然後，湊就在廚房的流理台旁，像是壓住葉月似的從後面緊緊抱住她——匆忙地用了一個。

與此同時，瀨里奈已經洗完臉、刷完牙，整理好頭髮，也把制服穿好了。

瀨里奈做事總是很乾脆俐落，她整理儀容的速度快得驚人。

而且就算動作很快，她那頭黑色長髮和制服也沒有絲毫凌亂，整齊程度高得令人佩服。

相反地，葉月的儀容就有些不整，需要瀨里奈幫忙調整一下。

「那麼，我們走吧。」

三人一起走出了湊家。他們不在乎旁人的目光，並肩走在上學的路上。

由於周圍的人都知道他們住得很近，因此只要說是「在半路上碰到」，就能合理解釋為何他們會一起上學，不會有什麼奇怪的地方。

湊與葉月和瀨里奈一邊閒聊，一邊走向鞋櫃——

「啊。」

湊突然停下了腳步。

他猶豫了一下，然後看了看葉月的臉。

葉月微微點了點頭——湊也頷首以對，輕輕拍了一下一臉茫然的瀨里奈的肩膀。

「抱歉，我先走一步。」

湊這麼說道，沒有等兩人回答就邁出步伐。

有一名女學生正站在鞋櫃前。

她的五官端正，但並不特別引人注目——若是不知死活地再用一次很難聽的話來形容，就是「班上大概第五可愛的女生」。

但對湊來說，她是第一位成為自己重要女性朋友的人——

「早安，小梓。」

「咦？啊、啊……壽也……嗯，早安，壽也。」

在聽到湊很久沒有——好幾個月沒有向她打的招呼後，梓琴音似乎顯得很驚訝。

由於太過吃驚，梓連手上的室內鞋也掉到了地上。

湊彎下身去撿起那雙室內鞋，遞給梓。

「還有，對不起，小梓。」

「咦，對不起什麼？呃，壽也沒什麼需要跟我道歉的事吧……」

「我曾經覺得小梓是『班上第五可愛的女生』。明明我這種人的水準就只有由下數起來比較快的程度而已。」

「班、班上第五？壽也，那個排名……未免太誇大了吧？」

「咦……？」

看來梓還不知道自己有多麼可愛。

「不過，被讚美還是會很高興啦。話說你這麼久沒跟我說話了呢，但就算稱讚我也沒有好處喔？」

「這、這樣啊。」

梓似乎真的很高興。

儘管如此，用「第五名」這種說法來形容人仍然相當失禮。

「小梓，那個……以後我還能跟妳打招呼嗎？」

「不不不，正常地跟我說話就可以啦。為什麼只限於打招呼啊？」

「我們可以正常地——繼續當朋友嗎？」

「那種事情根本不用特地來拜託我吧？」

梓苦笑了一下，輕輕揮了揮手。

簡直就像是回到了湊告白之前，那種非常普通的狀態一樣。

沒錯，既然他們是朋友，有許多事情是不需要特地去拜託的——

梓和湊稍微聊了一下之後，就因為有其他朋友來搭話，先一步走向教室。

但是——他確實地踏出了一步。

湊終於意識到了。

梓對湊來說也是一位重要的女性朋友，他一直希望能夠恢復這段關係。

就像葉月葵和小春惠那那樣。

「你做得很好嘛，阿湊。」

「……是啊，雖然我有點緊張就是了。」

「我也先走嘍。你們慢慢來。」

瀨里奈對湊和葉月微笑了一下，換上室內鞋就走了。

看來她注意到兩人可能有話要說，所以貼心地先行離開。

「其實三個人一起去教室也沒問題啊。」

「還是說……我們兩人去找個地方用掉一個？」

「還有七個吧。現在只剩我們兩人，可能會用掉兩三個，剩下的量讓人不太放心。」

「兩、兩三個也太多了吧？難道你現在很興奮嗎？你該不會是想拜託梓讓你上，所以心癢癢的？」

「不、不是啦。我會拜託讓我上的女性朋友只有葉月和瀨里奈而已。」

「那是可以用那種了不起的態度說出來的話嗎？」

湊和葉月也換上了室內鞋，朝著教室走去。

在上樓梯的途中，人群奇蹟似的在這段晨間時段消失了一下子——

就在那個瞬間，兩人吻了一下彼此。

「最多就只能接吻了，要是能吸胸部就好了。」

「你白痴啊？人家的服務才沒有好到會在這種地方露胸部喔。」

「說起來……葉月，妳的胸部是不是有點變大了？」

「唔，既然阿湊都這麼說，應該沒錯……人家也覺得胸罩有點緊。」

「真的假的？都已經是F罩杯，竟然還會再變大……是不是接近G了？」

想到那胸部只有自己能享受，湊就越來越興奮了。

「就算在學校偷偷用胸部做……回到家後七個也會不夠用耶。」

「說、說什麼蠢話……在、在學校只能用胸部喔？」

葉月用手肘輕輕頂了頂湊的腰。

「不過……如果是沒問題的日子，就算不用那個也沒關係啦。其實今天也是……」

「那麼……回家後先用胸部一次，然後直接做一次。吃完晚餐洗完澡後，把剩下的那個全部都用掉……這樣嗎？」

「人、人家又沒說給你做那麼多……阿湊，你就那麼想做嗎？」

「我想看葉月的內褲摸葉月的胸部，當然——能做多少次就做多少次！」

湊笑著這麼說，讓葉月更用力地用手肘猛撞他的腰。

「好痛。拜託啦，葉月。求求妳了——好不好？」

「可以喔，人家想——一直跟你玩下去嘛♡」

只要拜託她，這位女性朋友意外地可以任我為所欲為——

如此難以置信的事實，在這段日子裡不知不覺間不再讓人意外，成了理所當然。

與這些最棒的女性朋友們度過的歡樂時光，一定能永遠持續下去，不會結束——

後記

大家好，初次見面，或者說好久不見。我是鏡遊。

自從上次在Sneaker文庫出書之後，大概過了六年吧。

雖然那是一段毫無疑問足以讓大家忘記我的時間，但我回來了。

還帶著一部不得了的作品。

《女性朋友》這部作品原本是在網路小說投稿網站「カクヨム」上投稿的。

我開始投稿是在二〇二一年四月，已經是兩年前的事了。

當時我剛寫完一套長篇輕小說，多少有些時間，所以開始寫起網路小說。第一部作品是《明明妹妹不是女友》（暫譯），這部已經由電擊文庫出版（突然幫其他品牌打廣告）。

然後，接下來開始的作品就是這部《女性朋友》。

可能因為我的初衷是想寫一部大家能輕鬆享受的作品。

也可能是因為我對描寫一般的情人，或是心中憧憬的女主角之類的角色感到有些厭倦了。

但即便寫的是這樣的內容，我也沒有特別去考慮「要走在不違反『カクヨム』規範的鋼索上」之類的事，反而是很自然地認為刊在上面應該不會有問題。真是太危險了，缺乏危機意識也該有個限度啊。

事實上，出於某些考慮，我對カクヨム版進行了一次全面修改。

書籍版就是基於那個「修改版」而寫成的。

カクヨム版的寫作進展非常順利，從第一季到第五季的全部五個章節都已經完結了。

由於該版本的內容與本書籍版不同，如果各位讀者能夠一起欣賞，我會感到很開心。

那個故事完結已經有一年多的時間，也沒什麼特別要再加筆的地方，我就放著讓它沉睡了。

然後就突然來了出版的提議，真是嚇了我一跳。

而且對象還是Sneaker文庫。雖然有六年沒有為他們執筆，但我們當時並非因為吵架而分手，所以能收到他們的邀約並不奇怪。但沒想到他們竟然會選擇這部作品……讓我不禁懷疑到底是負責的編輯太有膽量，還是他握有總編輯的什麼把柄。

哎呀，這部作品不過就是在男女之間愉快的友情之上加了一點點的服務讀者要素嘛，出版絕對不會有問題啦。我說真的。

第一女主角是個辣妹，恰好也符合近年來愛情喜劇的潮流。

只是我以前很少寫過辣妹角色，所以葉月成了一個很歡樂的女主角。

既然第一女主角是辣妹，那第二位女主角就應該是清純型的大小姐——我覺得這種簡單的想法是正確的。簡單並不是壞事！

在カクヨム版中，瀨里奈的人氣也很高呢。

我要描寫的終究是主角和他的女性朋友之間的關係，而非戀人關係。

我給自己設的限制僅此而已，所以這部作品真的是相當自由隨興的故事。

在書籍版裡，這點仍然保持不變。我只是稍微削減了カクヨム版中過於自由的部分，更深入地探討了朋友關係。

結果就誕生了這種名為「女性朋友後宮」的奇妙作品。

書籍版和カクヨム版在風格上可能有所不同，但本質上是一樣的。

兩者都是描述與女性朋友之間的歡樂喜劇。雖然可能歡樂過頭了。

插畫家小森くづゆ老師，感謝您畫出主角的可愛女性朋友！

不管是辣妹葉月還是大小姐般的瀨里奈都很可愛！也許故事標題和內容讓您嚇了一跳……但我真的很開心您為我獨自默默寫出的作品增添如此出色的插畫。

選中我的責任編輯、編輯部的各位同仁、感謝你們讓這部作品得以出版的努力！

我也要對參與這本書的銷售、流通的所有人員致上感謝。

最重要的是，我要對讀者們致上最深的感謝！

那麼，希望未來我們能再次見面。

二〇二三年春　鏡遊

身為VTuber的我因為忘記關台而成了傳說 1~6 待續

Kadokawa Fantastic Novels

作者：七斗七　插畫：塩かずのこ

衝擊的VTuber喜劇，
傳說與傳說硬碰硬的第六集！

在「三期生一週年又一個月紀念直播」完美落幕後，傳說級的VTuber「星乃瑪娜」居然邀請淡雪參加她的畢業直播！眼見要與尊敬的Ｖ進行合作，淡雪在感到緊張之餘也決定全力以赴。在這段過程中，淡雪因為微不足道的契機而面對起自己的「家人」──

各 **NT$200~220/HK$67~73**

坐我隔壁的前偶像，要是沒我的企畫就無法過日常生活 1 待續

Kadokawa Fantastic Novels

作者：飴月　插畫：美和野らぐ

再也不被「禁止戀愛」所規範的她，
此時對此仍一無所悉……

轉學來的前偶像──香澄美瑠一點都不普通。無論怎麼看，她那與日常生活相差十萬八千里，竭力賣弄個人魅力的行徑都相當不尋常。然而為了讓香澄體驗普通的高中生活，我「渾渾噩噩」的日常也產生了變化……這是我與她，交織著青春與再出發的故事──

NT$260/HK$87

一點都不想相親的我設下高門檻條件，結果同班同學成了婚約對象!? 1~7 待續

Kadokawa Fantastic Novels

作者：櫻木櫻　插畫：clear

隨著關係變得更加親密而來的是——
假戲成真的甜蜜戀愛喜劇，獻上第七幕。

愛理沙與由弦在耶誕節造訪遊樂園，享受兩天一夜的約會。除夕一起煮跨年蕎麥麵。新年共同前往神社參拜——度過了許多甜蜜愉快的時間。而一個月後的情人節，由弦滿心期待收到愛理沙的手作巧克力，結果在學校的鞋箱裡發現一個繫著可愛緞帶的盒子……

各 NT$220~250/HK$73~83

轉生為故事的黑幕~以進化魔劍和遊戲知識傲視群倫~ 1~2 待續

Kadokawa Fantastic Novels

作者：結城涼　插畫：なかむら

「我的劍就是為了這種時候存在的。所以——」
連的故事，又有了重大的變化——！

和聖女莉希亞與其父克勞賽爾男爵談過之後，連決定暫時留在男爵宅邸，一邊處理男爵家的工作，同時一邊在公會當冒險者發揮本領。而為了協助男爵家，他在莉希亞的目送下前往某處，邂逅了一位意料之外的少女。她和掌握故事重要關鍵的人物有關……？

各 **NT$260~300/HK$87~100**

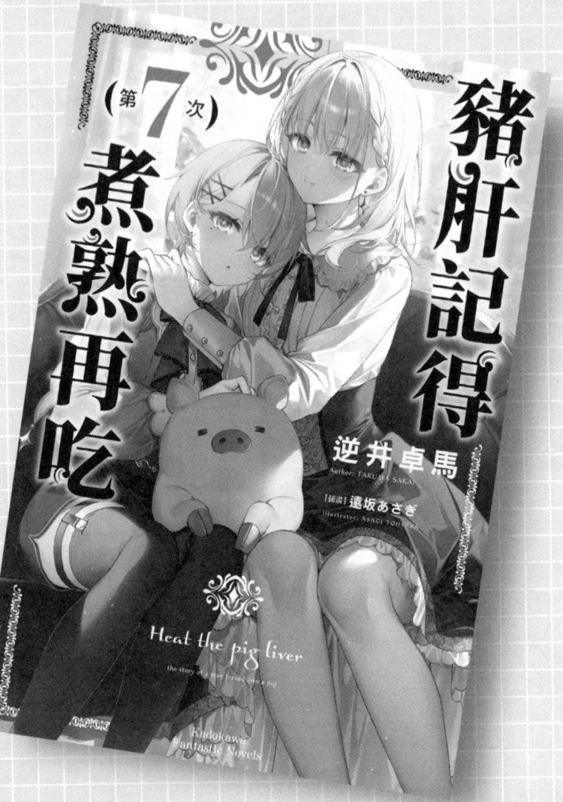

豬肝記得煮熟再吃 1~7 待續

Kadokawa Fantastic Novels

作者：逆井卓馬　插畫：遠坂あさぎ

與潔絲一同找出瑟蕾絲不用喪命的方法——
根本是豬左擁右抱美少女的逃亡紀行？

為了讓變得異常的世界恢復原狀，瑟蕾絲非死不可？我們與被王朝軍追殺的她展開充滿危險的逃亡之旅，朝「西方荒野」前進。被兩名美少女夾在中間的火腿三明治之旅，出現了意料外的救兵。救兵真正的意圖是？而瑟蕾絲始終如一的戀情，又將會何去何從

各 **NT$200~250/HK$67~83**

繼母的拖油瓶是我的前女友
10
紙城境介
插畫／たかやKi
只要能伸出手，妳就在那裡
Kadokawa
Fantastic Novels

義妹生活 1~8 待續

Kadokawa Fantastic Novels

作者：三河ごーすと　插畫：Hiten

「就算在教室，
我也想和你說更多話、想要離你更近。」

隨著升上三年級，悠太與沙季迎來重大的變化。重新分班讓兩人展開了在同一間教室的生活，逐漸逼近的大考與還沒抓到方向的未來藍圖，令他們不知所措。一直以來都在緩緩縮短距離的兩人，為了重新審視彼此之間過於親近的關係而「磨合」，不過——？

各 **NT$200~220/HK$67~73**

青春與惡魔 1 待續

Kadokawa Fantastic Novels

作者：池田明季哉　插畫：ゆーFOU

那天晚上，我的青春伴隨著「火焰」，
傳出初啼——

為了取回忘記帶的手機，在原有葉潛入夜晚的學校，在屋頂遇見了熊熊燃燒的美少女——伊藤衣緒花而受她威脅，只得對她言聽計從。隨著對彼此的了解增加，他發現看似完美的衣緒花，其實也懷著深沉的煩惱……遭「惡魔」附身的青春，究竟會如何落幕？

NT$240/HK$80

藥師少女的獨語 1~12 待續

Kadokawa Fantastic Novels

作者：日向夏　插畫：しのとうこ

雀的真面目終於即將揭曉。但是……
貓貓究竟是否能夠平安返回中央？

西都的戰端以玉鶯意外遇刺而迴避，卻陷入群龍無首的困境，壬氏只得不情不願地處理當地政務。某天，有人請託壬氏教導玉鶯的兒子們學習西都政事，誰知其長子鴟梟卻是個無賴漢。而其餘二人也從未受過繼承人的教育，令貓貓大感頭疼。然而——

各 **NT$220~300/HK$75~100**

Kadokawa
Fantastic
Novels

我的女性朋友意外地有求必應 1

（原著名：女友達は頼めば意外とヤラせてくれる）

2024年2月5日　初版第1刷發行

作　者：鏡遊
插　畫：小森くづゆ
譯　者：Shaunten

發 行 人：台灣角川股份有限公司
總　　監：呂慧君
總 編 輯：蔡佩芬
主　　編：林秀儒
編　　輯：邱璨萱
設計指導：陳晞叡
美術設計：郭虹吟
印　　務：李明修（主任）、張加恩（主任）、張凱棋

發 行 所：台灣角川股份有限公司
地　　址：104台北市中山區松江路223號3樓
電　　話：（02）2515-3000
傳　　真：（02）2515-0033
網　　址：www.kadokawa.com.tw
劃撥帳戶：台灣角川股份有限公司
劃撥帳號：19487412
法律顧問：有澤法律事務所
製　　版：巨茂印刷事業有限公司
ISBN：978-626-378-417-8

我的女性朋友意外地有求必應

Onna Tomodachi ha Tanomeba Igai to Yarasete kureru

Kadokawa Fantastic Novels